JN067024

水滸縦横談

井波律子

潮文庫

水滸縦横談　目次

第二章 「梁山泊」をめぐって

第三章 「『水滸伝』の魅力」をめぐって 203

装丁・本文デザイン――仁川範子
装画――『水滸伝』「梁山泊にて林冲 落草し」より
図版協力――光プロダクション

水滸縦横談

序章　『水滸伝』について

『水滸伝』の成立

梁山泊《りょうざんぱく》に集まった任侠無頼の豪傑百八人の活躍を描く『水滸伝』は、『三国志演義』『西遊記』『金瓶梅』とともに「四大奇書」と呼ばれる中国古典長篇小説の傑作である。

『水滸伝』も『三国志演義』や『西遊記』と同様、宋《そう》から元《げん》にかけておこなわれた民間の「語り物」を母胎とし、白話《はくわ》（口語）で書かれた長篇小説として成立したのは、『三国志演義』とほぼ同時期、十四世紀中ごろの元末明初とされる。著者については、さまざまな説があるが、『演義』の作者と目される羅貫中《らかんちゅう》の単独著者説、施耐庵《したいあん》の単独著者説、羅貫中・施耐庵の合作説の三説に大別され、現在では施耐庵の単独著者説が有力である。

完成後、『水滸伝』はほぼ二百年間、写本のかたちで流通し、現存する最古のテキストが刊行されたのは、明末の万暦《ばんれき》年間（一五七三―一六二〇）だった。このテキストは全百回から成り、前半三分の二にあたる初回から第七十一回までは、百八人の豪傑がそれぞれ法にふれて表社会から離脱し、梁山泊に集結する過程を描く。後半三分の一では、第八十二回までで朝廷軍との戦闘を経て梁山泊軍団が正式に招安《しょうあん》（朝廷に帰順すること）される過程、第八十三回から第百回までで、朝廷軍に組み込まれた梁山泊軍団が遼《りょう》征伐、方臘《ほうろう》征伐に出陣し、ついに壊滅する過程が描かれる。

この百回本『水滸伝』の刊行後、さまざまな異本があらわれた。その一つは百二十回本である。これは百回本の第九十一回から二十回にわたって、王慶《おうけい》征伐、田虎《でんこ》征伐の顚末をそっくりはめこんだものであり、これも広く流通した。ちなみに、この増加分はあくまでも先行する百回本のストーリーを歪めない形ではめこまれており、少しでも長く『水滸伝』の物語世界に浸っていたいという読者の要望に応えて作られたものであることがわかる。

このほか、明末清初の文学批評家、金聖嘆《きんせいたん》の手になる七十回本がある。これは百八人の豪傑が梁山泊に集結したところで、物語を終わらせたものである。たしかに、水滸伝世界は梁山泊軍団が招安された後、急速に終幕に向かい、面白みに欠ける。このためもあって、中国ではこの七十回本が刊行されるや、人気が高まり、またたくまに他本を駆逐してしまう。しかし、先行する百回本や百二十回本を意のままに切断した金聖嘆のやりかたは、やはりあまりにも強引だというほかない。

日本でも『水滸伝』は江戸時代の宝暦《ほうれき》七年（一七五七）、岡島冠山訳『水滸伝』（百回本）が刊行されたのを機に、百二十回本の翻訳も刊行されて広く読まれ、江戸文学に大きな影響を与えた。なお、現代においても百回本、百二十回本の全訳がそれぞれ刊行されている。

『水滸伝』の物語世界

『水滸伝』の冒頭にきわめて神話的な縁起譚が置かれている。北宋の嘉祐《かゆう》年間（一〇五八）、疫病が流行し、厄払いのために江西《こうせい》信州の龍虎山《りゅうこざん》に派遣された勅使が、数百年間、洞窟の地底に封じこめられていた百八人の魔王（三十六の天罡星《てんこうせい》と七十二の地《ち》煞《さつ》星《せい》）を解き放ってしまう。天空に飛び散ったこの魔王たちが、四十年余りたった第八代皇帝の徽宗《きそう》（一一〇〇—一一二五在位）の時代に地上に姿をあらわし、梁山泊に集まる百八人の豪傑となって、悪のはびこる社会に戦いを挑み、「天に替わって道を行う」大活躍をすることになる。

水滸伝世界の中心人物は、梁山泊軍団の二代目リーダー宋江《そうこう》である。彼は「及《きゅう》時《じ》雨《う》（時にかなった雨）」と呼ばれるように、すこぶる義侠心に富み、もともと江湖（任侠世界）で評判が高く、初代リーダー晁蓋《ちょうがい》が不慮の死を遂げた後、梁山泊の豪傑たちに推されてトップの座につく。しかし、その実、宋江は風采もあがらないうえ、性格も生真面目で優柔不断というふうに、いたって魅力に乏しい。つまるところ、彼は『三国志演義』の劉備や『西遊記』の三蔵法師と同様、自らは輝くことなく、ただ中心に位置することによって、強烈な力を発散する登場人物群像を繋ぎ、縦横に活躍させるタイプの中心人物なのである。

　水滸伝世界の豪傑は多士済済だが、当たるを幸いなぎ倒す爆発的なエネルギーにあふれた猛者《もさ》といえば、「花和尚《かおしょう》」魯智深《ろちしん》、「行者《ぎょうじゃ》」武松《ぶしょう》、「黒旋風《こくせんぷう》」李逵《りき》の三人に指を屈する。このうち、魯智深と武松は、『水滸伝』成立以前から語り物世界における「水滸語り」の大スターだった。水滸伝世界において、彼らは梁山泊軍団のメンバーとなった後も、最後まで自立した一匹狼として、任俠の心意気を保ちつづける存在として描かれる。これに対して、李逵は魯智深や武松に勝るとも劣らぬ凄まじい破壊力を有するものの、けっきょくは宋江と一心同体、むしろ宋江の分身ともいうべき位置づけにある。

　このほか、水滸伝世界には、快足の「神行太保《しんこうたいほ》」戴宗《たいそう》、粋でいなせな都会型の燕青《えんせい》等々、特殊技能を体得した魅力的な面々も登場し、入れ替わり立ち替わり大活躍を見せる。

　宋江はこうした一騎当千のメンバー百八人が梁山泊に勢ぞろいした後、魯智深ら猛者の反対を押し切って招安路線を選択し、梁山泊を出て朝廷側の一軍となる。かくして江南の方臘反乱軍と激戦、辛うじて勝利を得たものの、メンバーの大半を失ったあげく、宋江は朝廷に巣くう悪しき重臣どもに毒をもられ、李逵を道連れにして絶命のやむなきにいたる。

『水滸伝』は個性あふれる豪傑たちが続々と梁山泊に集まり、反旗をひるがえす血沸き肉躍る過程から、招安された梁山泊軍団が壊滅する悲劇的結末までを、存分に描き切った稀有の傑作だというべきであろう。

『水滸伝』の特徴と後世への影響

物語構造から見ると、『水滸伝』の特徴は、基本的に「単線数珠つなぎ方式」で展開されていることにある。すなわち、ある人物の話が別の話を引き出すきっかけとなり、次なる人物が登場して別個の世界が繋ぎあわされ、関係性が広がってゆくというやり方である。

このように関係の連鎖によって梁山泊に集結した百八人の豪傑が、もっとも重視するのは、仲間同士、男同士の信義にほかならない。梁山泊はこうした「俠の論理」が貫徹した、きわめて倫理的な運命共同体だったのである。ちなみに、男同士の信義を重視する反面、水滸伝世界はすこぶる禁欲的であり、とりわけ女性に対して過度に潔癖な様相を呈している。そもそもここに登場する女性は、箸にも棒にもかからない悪女か、さもなければ、ほとんど男といっていいような勇猛な女将《じょしょう》がほとんどなのである。

『水滸伝』はさまざまな形で後世に大きな影響を与えた。水滸伝世界において、先にあげた大豪傑の武松は、兄を毒殺した兄嫁の悪女潘金蓮《はんきんれん》と不倫相手の西門慶《せいもんけい》を血祭りにあげ、任俠社会に入ったとされる。『金瓶梅《きんぺいばい》』はこの話に着目し、これを糸口として『水滸伝』とは正反対の欲望まみれの物語世界を展開したものである。中国小説史の流れから見ても、こうして『水滸伝』は次の新しい長篇小説を生み出す重要な触媒となった。

さらにまた、梁山泊軍団は壊滅したけれども、彼らの俠の精神にあふれた「天に替わって道を行う」というモットーは、この後も、とりわけ転換期において、繰り返しとりあげられた。梁山泊の豪傑の果敢な生き方は時代を超えて深い共感を呼び、混乱した政治状況に戦いを挑む人々の心のよすがとなりつづけたのである。

第一章

「豪傑たち」をめぐって

豪傑と酒

『水滸伝』の豪傑に酒は付き物であり、酒をきっかけに、物語世界が大きく展開するケースも数多い。

『水滸伝』の豪傑百八人のうち、とりわけ大酒飲みで、酒絡みの大事件を巻き起こし、物語世界を揺るがした人物といえば、まず「花和尚《かおしょう》」魯智深《ろちしん》と「行者《ぎょうじゃ》」武松《ぶしょう》である。

彼らは北宋《ほくそう》末以来、町の盛り場で講釈師の語る「水滸伝物語」、すなわち「水滸語り」の人気者であり、それぞれ当たるを幸いなぎ倒し大暴れする有名な話があった。これが長篇白話《はくわ》小説『水滸伝』のなかに、巧みに組みこまれたと考えられる。魯智深の場合は、水滸伝世界の開幕まもない第三回から第七回にわたって展開される話がこれにあたる。

魯智深は俗名を魯達《ろたつ》といい、もと渭《い》州軍司令部の隊長だった。彼はたまたま肉屋の鄭《てい》が流しの娘芸人、金翠蓮《きんすいれん》とその父に無理難題をふっかけていることを知ると、義侠心を発揮して鄭を痛めつけ、勢い余って殴り殺してしまう。殺人犯になった魯達は逃亡するが、やがて金翠蓮父娘に再会、翠蓮の現在のパトロンで財産家の趙員外《ちょういんがい》に引き合わされる。親切な趙員外は魯達を捜索の手が及ばない五台山《ごだいさん》の智真《ちしん》長老に紹介してくれた。一見、凶暴な魯達のなかに潜む清浄な要素を見抜いた長老は、他の僧侶の猛反対を押し切って出家させ、「智深」という法名を与えた。水滸伝世界の大スターの一人、「花和尚」魯智深の誕生である。花は刺青の意であり、背中に刺青があったことに由来するあだ名である。

こうして出家したものの、不羈《ふき》奔放の魯智深が禁酒をはじめとする厳しい戒律に耐えられるはずもなく、たちまち二度にわたって大騒動を起こす。ことに二度目の騒動は言語道断、壮絶なものだった。ある日、魯智深は麓の居酒屋でまず大きな碗で十杯の酒を飲み、まだ飲み足らないと酒樽一つ飲み干して、すっかり酩酊する。ご機嫌で寺にたどりついたとき、門限はとっくに過ぎており、寺の門はかたく閉ざされていた。頭に血がのぼった彼は、門の左右に置かれた仁王像に八つ当たりして、台座から引き倒すなど荒れ狂ったあげく、ようやく寺に入れてもらう。しかし、寺の中でも座禅を組んでいる僧侶にぽかぽか殴りかかるなど、手のつけようのない大暴れだった。これでは、さすがの智真長老もかばいきれず、とうとう魯智深を首都開封《かいほう》の大相国寺《だいしょうこくじ》に送りこむことにした。

五台山から追放された魯智深は大相国寺の菜園の番人となり、やがて近衛軍の師範をつとめる「豹子頭《ひょうしとう》」林冲《りんちゅう》と義兄弟の契りを結ぶ。まもなく朝廷を牛耳る四悪人の一人、高俅《こうきゅう》の養子が林冲の美しい妻に横恋慕したため、林冲は無実の罪をきせられて流刑にされ、彼を助けたことから魯智深も逮捕されそうになる。かくして、またまた逃亡、曲折を経て二龍山《にりゅうざん》を根拠とする任侠軍団の頭目となり、最終的に梁山泊《りょうざんぱく》軍団に合流するに至る。

こうした魯智深の転変は、せんじつめれば、そもそも義侠心と並みはずれた深酒から始まったものにほかならない。義侠心が殺人事件を呼び、深酒が発端となって、次々に新たな人物が登場し、事件の連鎖につながる。水滸伝世界において、酒がいかに物語展開の重要な鍵になっているか、これを見ても明らかだ。

いま一人の豪傑、武松の場合もやはり酒が大きなポイントとなる。ちなみに、武松の軌跡は、『水滸伝』第二十三回から第三十二回までに集中的に描かれており、このためこの十回分は「武十回」と称される。

武松は喧嘩沙汰を起こし、「小旋風《しょうせんぷう》」柴進《さいしん》の屋敷に逃げこんでいたとき、瘧《おこり》の病にかかるが、後に梁山泊のリーダーとなる宋江《そうこう》と出会い、ひょんなことでめでたく全快した。喧嘩沙汰もおさまったため、帰郷の途についた武松は途中の景陽《けいよう》岡《こう》まで来たとき、居酒屋で三碗飲めば酔いつぶれるという酒を、なんと十五碗も飲み干した。そのあげく、猛虎が出るから行くなと言う、居酒屋の亭主の制止を振りきり、酒の勢いにまかせてどんどん先へ進んだところ、案の定、猛虎に出くわす。強力の武松は勇猛果敢にわたりあい、めったやたらに殴りつけて虎の息の根をとめてしまう。これでいちやく勇名をとどろかせ、故郷清河《せいが》県の隣、陽谷《ようこく》県の知事に見込まれて都《と》頭《とう》（警察隊長）に採用された。

深酒による失敗で運命が急展開した魯智深の場合と異なり、武松の場合は同じく急展開したとはいえ、深酒が幸運をもたらしたわけだ。しかし、事はそう簡単に運ばなかった。武松には武大《ぶだい》という兄がおり、妻の潘金蓮《はんきんれん》とともに陽谷県に移り住み饅頭売りをしていた。

武大は弟とは似ても似つかぬ貧相な男だったが、妻の潘金蓮はとびきり妖艶な美女だった。

武松と武大夫婦はやがてめぐりあって同居することになり、たくましい武松に一目惚れした潘金蓮は誘惑しようとするが、潔癖な武松はまったく相手にしなかった。そのうち武松は長期出張することになり、多情な潘金蓮に気をつけるよう、兄に言い含めて旅に出た。

武松の危惧は的中した。潘金蓮はしたたかな仲人屋、王婆《ワンポ》の手引きで、羽振りのいい色男の薬屋、西門慶《せいもんけい》とたちまち深い仲になり、王婆および西門慶と結託して夫の武大を毒殺したのである。長期出張からもどった武松は真相を突き止め、役所に訴え出るが、西門慶から賄賂をもらった知事は相手にしない。ならば、自分の手で復讐するしかないと、武松は潘金蓮と西門慶を殺害し、役所に自首した

義侠心から鄭関西をなぐりつける魯達。
野次馬の眼にも注目（『水滸伝』より）

のだった。この結果、武松は彼に好意的な役人のはからいで死罪を免れ、流刑になった。しかし、流刑地の孟《もう》州でも事件に巻きこまれ、けっきょく悪辣な駐屯軍の司令官や師団長をはじめ、その一族郎党十五人を殺害する羽目になる。こうして札付きの「凶悪犯」となった武松は逃亡を重ね、やがて行者姿に身をやつして（これによって以後「行者」武松と呼ばれる）、魯智深が支配する二龍山軍団に入り、これまた最終的に梁山泊軍団に合流する。

酒にまつわる事件が鍵となって運命が激変した、二人の剛勇無双の大酒飲み、魯智深と武松がこうして結びつき、共生するという展開にもまことに興趣あふれるものがある。『水滸伝』には、このほかにも酒が物語展開の重要な鍵となるケースが多々あるが、また稿を改めて見ることにしたいと思う。

女将と悪女

『水滸伝』は男の世界の物語であり、固い絆で結ばれた男同士の信頼関係が、何より重視される。だから、梁山泊《りょうざんぱく》は「俠の倫理」が貫徹する豪傑たちの砦であり、運命共同体にほかならない。こうして男同士の関係性が最優先される水滸伝世界では、男女の情緒的な関係性などまったく描かれることはない。そもそもリーダーの晁蓋《ちょうがい》と宋江《そうこう》をはじめ、主要な豪傑はおよそ女性に興味がないとされ、これが一種の「美徳」とされるところから見ても、水滸伝世界の女性観がいかに潔癖であるか、わかろうというものだ。

こうした女性観におおわれた水滸伝世界において、鮮烈な形で登場する女性像は両極に分かれる。すなわち、男に勝る激しい気性と武勇をもつ「女将《じょしょう》」と、なんとも恐れ入るほどしたたかな「悪女」である。

水滸伝世界には三人の泣く子も黙る強烈な女将が登場する。「一丈青《いちじょうせい》」扈三娘《こさんじょう》、「母夜叉《ぼやしゃ》」孫二娘《そんじじょう》、「母大虫《ぼだいちゅう》」顧大嫂《こだいそう》である。このうち、楚々たる美女だが、武勇抜群の扈三娘は、独龍岡《どくりゅうこう》の村、扈家荘《こかそう》の村長の娘で、隣接する祝家荘《しゅくかそう》の村長の三男祝彪《しゅくひょう》と婚約していた。彼女は、この独龍岡の二つの村と梁山泊軍団が全面戦争に突入したとき（『水滸伝』第四十八回）、日・月の両刀をふりかざして、戦場を駆けめぐり、梁山泊の豪傑のなかでは珍しく色好みの「矮脚虎《わいきゃくこ》」王英《おうえい》と渡り合って、難なく生け捕りにするなど、めざましい活躍をする。しかし、けっきょく林《りん》冲《ちゅう》に生け捕りにされ、梁山泊軍団が扈家荘・祝家荘に勝利した後、宋江のはからいでかの好色漢王英と結ばれるに至る。許嫁の祝彪も扈一族も、「黒旋風《こくせんぷう》」李逵《りき》に殲滅されたのだから、扈三娘としてはやむを得なかったのだろう。扈三娘と結婚後、王英は恐怖もあってか、うってかわって身持ちがよくなり、夫婦は仲良くコンビを組んで、勇猛果敢な戦いを繰り広げる。

扈三娘が妙齢の美女であるのに対し、孫二娘と顧大嫂の二人は度胸満点、頑健な体つきをした威嚇《いかく》的な年増である。孫二娘に至っては、夫の「菜園子《さいえんし》」張青《ちょうせい》と居酒屋を営み、子分を使ってお客にしびれ薬の入った酒を飲ませ殺害して、人肉饅頭の原料にするのが、なりわいだった。ちなみに、魯智深《ろちしん》と武松《ぶしょう》も彼らの素性を知らなかった彼女の餌食になりかかったことがある。なんとも獰猛《どうもう》な女性だが、夫の張青とともにしばしば窮地に陥った豪傑を助け、のちに夫婦ともども梁山泊入りを果たす（第五十七回）。

残る一人、顧大嫂も夫の孫新《そんしん》とともに居酒屋を営んでいたが、腕っぷしがつよく、冤罪で投獄された従兄弟《いとこ》の解珍《かいちん》・解宝《かいほう》のために牢破りを敢行して逃亡、独龍岡戦争で手柄を立てて、これを手土産に夫や従兄弟ともどもめでたく梁山泊入りを果たす（第四十九回）。

なお、『水滸伝』第六十三回に、獄中の「玉麒麟《ぎょくきりん》」盧俊義《ろしゅんぎ》を救出すべく梁山泊軍団が北京《ほくけい》（河北省大名県）を襲撃したさい、三人の女将がそろって出陣する場面がある。「扈三娘の軍勢を導く紅旗には金文字で大きく『女将一丈青』と記され、左には顧大嫂、右には孫二娘が従い、一千余りの軍勢を率いている」という具合だ。颯爽たる女将の晴れ姿である。

女性的なるものを嫌悪し排除する水滸伝世界においても、剛勇無双の女将はこのように貴重な戦力として受け入れられ、高く評価されるが、欲望過多の悪女は諸悪の根源として、ばっさり断罪されるのが常だ。ことほどさように、『水滸伝』にはまったく救いようのない、悪の塊ともいうべき悪女が続々と登場する。

なかでも、宋江の相手の閻婆惜《えんばしゃく》、武松の兄嫁の潘金蓮《はんきんれん》、盧俊義の妻の賈《か》氏は、極め付きの悪女である。彼女たちには倫理感が根底的に欠如しており、自分の欲望のままに生きることしか考えず、邪魔になると思えば、たとえ夫でも非情な手段で抹殺し、てんとして恥じることはない。色男の西門慶《せいもんけい》と道ならぬ恋に落ち、夫の武大《ぶだい》（武松の兄）を毒殺した潘金蓮については、すでに前回で述べたので、ここでは閻婆惜と賈氏について見てみよう。

宋江の相手の閻婆惜は、もともと女性に無関心な宋江に厭気がさして、彼の配下と深い仲になった。そんなとき、たまたま梁山泊に入った晁蓋が宋江に贈った金の延べ棒を見つけ、これをもっけの幸いと、お上に訴え出ると宋江を脅迫する（第二十一回）。かたや、北京の質屋で遊侠世界の大物でもある盧俊義の妻賈氏は、

女将「一丈青」扈三娘のまえでは、さしもの「矮脚虎」王英も借りてきた猫に変身!?（「水滸人物綉像」より）

夫が梁山泊入りを勧められたのを機に、盧俊義が梁山泊入りを拒絶したにもかかわらず、かねて深い仲の番頭と結託して、夫は梁山泊の仲間だなどと誣告《ぶこく》し、逮捕・投獄されるように仕向けて、財産を横領しようとした（第六十二回）。まさに欲望まみれ、箸にも棒にもかからない悪女たちである。

このスキャンダラスな悪女たちは、潘金蓮が武松に、閻婆惜が宋江に、賈氏が盧俊義に、惨殺されることによって、あっけなく息の根を止められてしまう。こうして悪女を制裁したことによって犯罪者の烙印を押された彼らは、表社会から脱落してアウトローとなり、俠の倫理が貫徹する男の世界、梁山泊に向かうことになるのだ。

これらの悪女たちはみな妖艶な美貌の持ち主だが、一皮むけば文字どおり醜悪な欲望の権化にほかならない。こうした悪女をこれでもか、これでもかと、登場させる水滸伝世界には、貴重な戦力となる女性は許容するものの、根本的に女性というものは、男の社会に不協和音をもたらす悪なる存在だとする深い嫌悪感がある。俠の倫理、俠の精神をあくまでも貫きとおすために、堕落への引き金となる金銭や女性に対する欲望を思い切りよく断ち切ろうとする、梁山泊軍団のシビアな一面が如実にうかがえる仕掛けだといえよう。

快足と刺青

水滸伝世界の豪傑百八人には、力にものをいわせる武勇いってんばりの猛者《もさ》ばかりでなく、余人に真似のできない特殊な技術あるいは技能を以て、梁山泊《りょうざんぱく》軍団のために大いに貢献する者も多い。「神行太保《しんこうたいほ》」戴宗《たいそう》と「浪子《ろうし》」燕青《えんせい》はその代表的な存在である。

戴宗のあだ名である「神行太保」の「神行」は神業のような快足をいい、「太保」はもともと古代の官名（最高位の大臣である三公の一つ）だが、後世、魔術師や遊侠世界の豪傑に対する敬称になったという。この「快足兄貴」の戴宗は、二枚のお札を足にくくりつけて神行の術を使うと一日に五百里、四枚のお札をくくりつけると八百里を行くことができる超能力者であった。彼はもともと江《こう》州の監獄主任（院長）で、梁山泊の軍師「智多星《ちたせい》」呉用《ごよう》とはかねて親しい間柄だった。そんな縁もあり、閻婆惜殺《えんばしゃく》しの一件で自首、江州に流刑になった宋江《そうこう》は、戴宗にあてた呉用の紹介状をもって江州監獄にやってくる。戴宗のおかげで、宋江は囚人らしからぬ快適な日々を過ごすことができた（『水滸伝』第三十八回）。

ちなみに、水滸伝世界きってのアナーキーな荒くれ者「黒旋風《こくせんぷう》」李逵《りき》は当時、戴宗配下の牢番であった。このためもあって、戴宗は制御しがたい暴力性の化身である李逵に対し、後々まで一枚上手に出る場面がしばしば見られる。たとえば後の話だが、高唐州《こうとう》攻撃のさい、戦況不利の局面を打開するために、お供の李逵にもお札を張って神行の術を使わせ、帰郷中の魔術師「入雲竜《にゅううんりゅう》」公孫勝《こうそんしょう》の連れ戻しに向かった戴宗は、肉食を厳禁する神行術の掟を破った李逵を、容赦なくきりきり舞いさせて懲らしめるのである（第五十三回）。

さて、宋江は江州監獄で後の梁山泊軍団の核となる戴宗と李逵にめぐりあい、気分よく過ごしたものの、やがてとんでもない事件に巻き込まれ、死刑囚の牢に入れられてしまう。戴宗の知らせを受けた梁山泊の面々はあの手この手を尽くしたあげく、いっせいに江州になだれこみ、李逵の凄まじい奮戦もあって、首尾よく処刑寸前、宋江と戴宗の救出に成功する。この結果、戴宗は宋江および李逵ともども梁山泊入りを果たす（第四十回）。以後、戴宗は梁山泊軍団のために情報を収集したり伝達したりして、八面六臂の大活躍をつづけ、梁山泊軍団が招安《しょうあん》された後も、遼《りょう》征伐、方臘《ほうろう》征伐の激戦をくぐりぬけ生き残った。

快足の戴宗は引き際も鮮やかだった。彼は方臘征伐後、論功行賞で兗《えん》州総指揮官に任命されたものの、まもなく辞任、東岳廟《とうがくびょう》の道士となり、数か月後、道士仲間に別れの挨拶をすると、大笑いしながら息絶えた。自らの技能をめいっぱい発揮し、思い残すことなく朗らかに退場したのである。まさに技能派任俠の真骨頂というべきであろう。

付言すれば、快足については実は古くからさまざまな話がある。水滸伝世界からほぼ八百年前、東晋の葛洪《かっこう》が著した『神仙伝《しんせんでん》』に、想像を絶する快足の仙人が数多く登場するのだ。戴宗のイメージはこうした伝統的な快足の仙人像を踏まえたものといえよう。

これに対して、やはり梁山泊きっての技能派とはいえ、北宋の大都市北京大名《ほくけいだいめい》府《ふ》（河北省大名県）育ちの「浪子」燕青は、商業が栄え都市文化が爛熟した、近世以降にはじめて出現した新しいタイプである。幼いころ両親を亡くした燕青は、北京の質屋で遊侠世界の大物「玉麒麟《ぎょくきりん》」盧俊義《ろしゅんぎ》の庇護のもとに成長した。彼は浪子（遊び人）というあだ名のとおり、白い肌に華麗な刺青が映えるいなせな美男子だが、歌舞音曲をはじめ何でもこなす幇間《ほうかん》そこのけの芸達者であるのみならず、川弩《せんど》（四川の弓）の名手で相撲もうまいという文武両道、多芸多能の人物だった。つまるところ、燕青は快足という一芸に突出した伝統的超能力者の戴宗とは、一味も二味も異なる近世都会型の超能力者だったといえよう。

燕青は、盧俊義が妻と番頭にはかられて逮捕され、流刑される途中、二人の護送役人に殺されそうになったとき、得意の川弩で役人どもを射殺して救出した。かくて、ともども梁山泊に向かう途中で、盧俊義はまたも捕り方につかまってしまう。燕青の要請を受けた梁山泊軍団は北京に攻めよせ、苦戦のあげく盧俊義を獄中から救出した（第六十三回）。

こうして盧俊義とともに梁山泊入りした燕青は以後、その多芸を発揮して大いに活躍する。とりわけ、宋江の主導する招安作戦の裏方としての活躍にはめざましいものがあった。二度にわたって徽宗《きそう》の思い者である妓女の李師師《りしし》に巧みに接近し、ついに粋な燕青に好意をもった彼女の手引きで徽宗と直接対面し、宋江の意向を伝えることに成功したのだった（第八十一回）。なんとも大した役者である。

この柔と豪の両面を兼ね備えた色男の燕青は梁山泊入りした後、化け物のような大男の李逵とコンビで行動し、李逵の見境のない大暴れを食い止めることもしばしばだった。というのも、相撲のうまい燕青は李逵が言う事をきかないと、たちまち投げ飛ばすので、怖いものなしの李逵も燕青には頭が上がらなかったのである。荒武者の李逵が、いずれ劣らぬ技能派である元上役の戴宗と、優男の燕青に頭が上がらないという設定は、実にユーモラスであり、水滸伝世界に愉快なドタバタ喜劇風のアクセントをつけるものだといえよう。

ちなみに、燕青の引き際もまた鮮やかだった。方臘征伐後、彼は元の主人盧俊義に自分はこれで行方をくらまし、静かに余生を送るつもりだと告げ、盧俊義にも身を引くよう勧めた。しかし、盧俊義は納得せず、やむなく燕青は別れを告げ、

掟を破って戴宗に懲らしめられる李逵。さしもの李逵も戴宗には手も足も出ない（横山光輝著『水滸伝』より）

褒美にもらった黄金や宝石をしっかり担いで、脱走した。道士となり笑いながら絶命した戴宗といい、あっさり姿を消した燕青といい、それぞれ持ち味を異にするとはいえ、水滸伝世界きっての技能派任俠には、そろって「わが道をゆく」爽やかな自立性があり、みごとというほかない。

あだ名

水滸伝世界の豪傑百八人は本名のほかに、魯智深《ろちしん》が「花和尚《かおしょう》」、武松《ぶしょう》が「行者《ぎょうじゃ》」、李逵《りき》が「黒旋風《こくせんぷう》」というふうに、それぞれの特徴をずばりと規定する「あだ名」をもつ。特徴をあらわすとはいえ、その由来は一様ではなく、ざっと以下のように大別される。

第一にあげられるのは、あだ名がその人物の人格もしくは性格的な特徴をあらわすケースである。梁山泊《りょうざんぱく》軍団の第二代リーダー宋江《そうこう》のあだ名「及時雨《きゅうじ》」は、その典型的な例にほかならない。「人の貧苦を助け、人の窮地に手をさしのべるところから、山東・河北一帯に名をとどろかせ、みな彼を「及時雨」と呼んで、天から降ってくる及時雨（時にかなった慈雨）が万物を救うのにたとえた」（『水滸伝』第十八回）というわけで、このあだ名は任侠世界に広く鳴り響き、豪傑たちは及時雨と聞いただけで恐れ入るのである。

もっとも、宋江は色黒で背が低く、兄弟の順では三番目だったために、「黒宋《こく》江」もしくは「黒三郎《こくさんろう》」とも呼ばれていた。これらは身体的な特徴にもとづくあだ名だといえよう。

ちなみに、豪傑たちのあだ名には、性格的特徴と身体的特徴を複合したものも多い。宋江の分身ともいうべき李逵のあだ名「黒旋風」は、その顕著な例である。色黒の大男である李逵は、旋風のように勇猛果敢に駆けまわり、あたるを幸い敵をなぎ倒して大暴れをする。黒い旋風とはまさに言いえて妙である。

梁山泊軍団の初代リーダー晁蓋《ちょうがい》と因縁の深い、楊志《ようし》のあだ名「青面獣《せいめんじゅう》」もこのカテゴリーに入れられる。「青面」は楊志の顔に大きな青アザがあったことに由来し、「獣」はいうまでもなく、獣のような猛々しさをあらわす。また、梁山泊入りするために、やむなく楊志と決闘した林冲《りんちゅう》のあだ名「豹子頭《ひょうしとう》」も、頭のかっこうが豹に似ているという身体的特徴と豹のように精悍な性格的特徴を複合したものである。

総じて、青面獣、豹子頭もそうだが、豪傑たちのあだ名には動物を用いたものが多い。ランクの高い天罡《てんこう》星三十六人のうちでも、「玉麒麟《ぎょくきりん》」盧《ろ》俊義《しゅんぎ》、「入雲竜《にゅううんりゅう》」公孫勝《こうそんしょう》、「撲天鵰《ぼくてんちょう》」李応《りおう》、「九紋竜《くもんりゅう》」史進《ししん》、「挿翅虎《そうしこ》」雷横《らいおう》、「混江竜《こんこうりゅう》」李俊《りしゅん》、「両《りょう》頭蛇《とうだ》」解珍《かいちん》、「双尾蠍《そうびかつ》」解宝《かいほう》など、三分の一弱がこれにあたる。想像上のものを含めて、いかにもおどろおどろしい動物が多く、豪傑たちのただならぬ雰囲気や性格を鮮やかに象徴している。ランクの低い地煞《ちさつ》星七十二人も同様であり、虎、豹、竜、鼠など動物を用いたあだ名が多い。

さらにまた、梁山泊軍団の三人の女将《じょしょう》の一人、顧大嫂《こだいそう》のあだ名「母大虫《ぼだいちゅう》」は「雌の虎」の意にほかならない。残る二人の女将のうち、孫二娘《そんじじょう》のあだ名はまがまがしい容姿を象徴する「母夜叉《ぼやしゃ》」すなわち女夜叉であり、楚々たる美女の扈三《こさん》娘《じょう》のあだ名は「一丈青《いちじょうせい》」である。一説では「一丈青」とは細長い簪《かんざし》の意であり、その鋭角的な長身を示すという。虎、夜叉、簪という女将たちのあだ名も、やはり身体的特徴と性格的特徴を複合したものであることに、変わりはない。

これに対し、豪傑のあだ名には特技、生業、職種などを凝縮したものもある。

特技を端的に示す例としては、かの快足の戴宗《たいそう》のあだ名「神行太保《しんこうたいほ》」があげられる。神行とは神業のような快足をあらわし、太保は任侠世界の敬称だから、まさにそのものずばりのあだ名である。一方、白い肌に華麗な刺青の色男、燕青《えんせい》のあだ名はその粋な多芸ぶりを示す「浪子《ろうし》」すなわち遊び人であり、都会型任侠である燕青の特性を示すものだ。梁山泊軍団の軍師呉用《ごよう》のあだ名「智多星《ちたせい》」も、知術に長けたその特性をあらわすといえよう。

このほか、得意とする武器をあだ名にしたものも多い。「大刀《だいとう》」関勝《かんしょう》、「双鞭《そうべん》」呼延灼《こえんしゃく》、石つぶての名手である「没羽箭《ぼつうせん》」張清《ちょうせい》などが、これにあたる。

職種を含んだあだ名といえば、燕青とはおよそ対照的な無骨な快男児である魯智深のあだ名「花和尚」が、僧侶といういわば職種と、花すなわち刺青を施した身体的特徴を複合させたものである。また、船頭だった張横《ちょうおう》のあだ名「船火児《せんかじ》(船頭の意)」、腕のいい医者の安道全《あんどうぜん》の「神医《しんい》」などは、職種そのものをあらわしている。

ただ、虎退治の豪傑武松のあだ名「行者」は職種を示すものではなく、大量殺人を犯して逃亡中、行者姿に身をやつしたことに由来する。

豪傑たちのあだ名の由来はまさに多種多様、なかには歴史や伝説に登場する人物に由来するものもある。たとえば、弓の名手である花栄《かえい》のあだ名「小李広《しょうりこう》」は、前漢の武《ぶ》帝のころの将軍で、匈奴《きょうど》に「飛将軍」と恐れられた弓の名手李広になぞらえたものであり、棒術を得意とする楊雄《ようゆう》のあだ名「病関索《びょうかんさく》」は、関羽《かんう》の三男とされる関索に由来し、楊雄の顔色が黄ばんでいるところから「病」と呼ばれる。ちなみに、関索についての記述は『正史三国志』には見えないが、語り物の世界ではスターであったとされる。

以上のように、さまざまな由来によって付けられた、豪傑たちの華々しいあだ名こそ、水滸伝世界を豊かに彩り、ダイナミックな活劇的世界を創出するのに、大きな役割をはたしているといえよう。ここには、二つ名をもつ任俠的豪傑集団が、一つの名前にしがみつく表社会に、揺さぶりをかけるという構図がくっきりと浮き彫りにされている。

今あげたあだ名の例は、水滸伝世界の豪傑百八人のほんの一部だが、残る豪傑のあだ名の由来も、上記のカテゴリーのいずれかにほぼ当てはまると思われる。ただ一つ当てはまらないのは、梁山泊の初代リーダー晁蓋のあだ名「托塔天王《たくとうてんおう》」である。托塔天王は北方世界の守護神、毘沙門天《びしゃもんてん》をあらわすものだが、このように神をあだ名に用いた例はほかにはない。晁蓋は百八人の豪傑のなかにも入っておらず、梁山泊軍団の守護神だとする説もある。いずれにせよ、このあだ名から見て、彼が一段高い地位に置かれていることは明らかだ。その人物を象徴するあだ名は、実に多くのことを自ずと物語っている。

山東省の〝梁山泊〞では「行者」武松（左）と「花和尚」魯智深が水滸伝ファンを迎えてくれる

親孝行

水滸伝世界きっての孝行者といえば、のちに梁山泊《りょうざんぱく》軍団のリーダーとなる宋江《そうこう》である。宋江は初登場の場面において、「……家ではたいへんな孝行者であり、義理を重んじ金ばなれがよかったので、人々はみな「孝義《こうぎ》の黒三郎《こくさんろう》」と称した」（『水滸伝』第十八回）と紹介されているように、親孝行はそのトレードマークの一つだった。

宋江の母はすでに亡くなっていたが、宋家村の小地主である父の宋太公《たいこう》（太公は隠居の意）は矍鑠《かくしゃく》としていた。太公は宋江が県役人になったとき、当時の習いにより、何か起きたときに巻き添えを食わないよう、表向きは息子を勘当し除籍していたが、その実、息子に強い影響力をもちつづけた。だから、宋江が悪女の閻婆惜《えんばしゃく》を殺害し、太公の屋敷に逃げもどったとき、太公は彼を秘密の穴倉にかくまい、宋江に好意的な警察部隊の隊長、雷横《らいおう》と朱仝《しゅどう》と交渉して、首尾よく弟の宋《そう》清《せい》ともども逃亡させた。しっかり者の老人というほかない。

こうして逃亡の旅に出た宋江は、やがて清風塞《せいふうさい》の軍事司令官、「小李広《しょうりこう》」花栄《かえい》に身を寄せるが、事件に巻き込まれて花栄ともども逮捕されて、青《せい》州の役所に護送される羽目になる。その途中、二人はかねて縁のある燕順《えんじゅん》や王矮虎《おうわいこ》ら清風山《せいふうざん》の山賊グループに救助され、その後、青州軍の精鋭、秦明《しんめい》や黄信《こうしん》を仲間入りさせて、清風山の拠点を強化させるに至る。しかし、官軍に総攻撃されそうになり、配下をひきつれ全員で梁山泊に移動を開始する。

その途中、宋江は先に帰った弟の宋清から父の死を知らせる手紙を受け取り、葬式に出たいと言い張って一行と別れ、故郷の宋家村に向かう。仲間より親を重視するという姿勢である。しかし、帰郷してみれば、宋太公はピンピンしており、恩赦によって、宋江も罪一等が減じられることになるため、これを機に自首させようとはかり、偽手紙で呼びよせたのだった。かくて宋江は自首し、刺青を施された江《こう》州に流刑処分となる。

護送役人ともども江州に向かう途中、梁山泊軍団の面々は宋江を救い出すが、宋江は「それでは私を助けるどころか、不忠不孝に陥れ、未来永劫、立つ瀬をなくさせてしまう」（第三十六回）と言って、彼らと別れ江州の監獄へと向かう。こうした宋江の姿には、きっぷのいい任侠の面影は見られず、儒教道徳の優等生、期待される孝行息子そのものである。

江州に到着した宋江は、快足の監獄主任「神行太保《しんこうたいほ》」戴宗《たいそう》、および超人的な荒武者の牢番「黒旋風《こくせんぷう》」李逵《りき》とめぐりあい、囚人らしからぬ快適な日々を送った。しかし、好事魔多し、宋江はつい酒を飲みすぎて、意味ありげな詞《ツー》（小唄）を料理屋の壁に書き付けたために、謀反の意図ありと江州の長官に密告する者がおり、死刑囚の牢に放りこまれてしまう。慌てた戴宗は梁山泊に駆け込んで救いを求め、軍師の呉用《ごよう》が名案を思いつくが、手違いがおこり、戴宗まで捕えられて、宋江とともに処刑場に連行される。あわやというとき、変装した梁山泊の面々が処刑場になだれ込み、二丁のまさかりを振り回す李逵の大奮戦もあって、首尾よく二人を救出し、意気揚々と梁山泊に帰還する（第四十回）。

事ここに至っては、さすがの宋江も腹をきめて正式に梁山泊入りし、晁蓋《ちょうがい》につぐ第二の座を占めることになる。ところが、宋江は老父を梁山泊に迎え入れたいと言いだし、とめる晁蓋らを振り切って故郷に向かう。帰り着いた瞬間、案の定、県の警察部隊に包囲され、危機一髪のところを、彼を守護する女神の九天玄女《きゅうてんげんにょ》に救われる。そこにおりよく梁山泊の面々が駆けつけ、宋江は父の宋太公と弟の宋清とともに梁山泊にもどることができた。

宋江は親孝行をふりかざして梁山泊を出たり入ったりしたあげく、ようやく腰が定まるのだが、なんとも歯がゆい話ではある。このように宋江を儒教道徳の最重要項目である親孝行の化身として描く方法は、後年、彼が梁山泊軍団を朝廷に帰順させる招安《しょうあん》作戦の主導者となる展開と、深いところで一致するといえよう。親には孝、君には忠というわけだ。

それはさておき、むろん親がいるのは宋江だけではない。宋江が親兄弟を梁山泊に迎え入れた後、今度は魔術師の公孫勝《こうそんしょう》が薊《けい》州にいる老母の見舞いに行きたいと申し出て、旅立ってゆく。その後、公孫勝はなかなか帰還せず、梁山泊軍団が高唐《こうとう》州軍と戦ったとき、敵の魔術師に翻弄されたため、戴宗と李逵が迎えに行く。李逵が公孫勝の師匠羅真人《らしんじん》にさんざんな目にあわされるなど、曲折はあったものの、けっきょく羅真人からさらに高度な魔術を伝授された公孫勝は梁山泊に復帰し、大いに貢献する（第五十三回）。しかし、彼は梁山泊軍団が招安され、官軍として最初に出陣した遼《りょう》征伐に大勝利を得た後、老母に孝養を尽くし、羅真人のもとで学びたいと、一同に別れを告げ、去って行く。公孫勝には総じて飄然とした仙人的魔術師のイメージが付与されており、忽然と出現し、ひととき梁山泊の面々と共生したあと、軍団が壊滅する前に、また忽然と去ってゆくのである。

公孫勝と対照的に、いかにも生々しいのは李逵である。李逵は宋江が父を迎え入れ、公孫勝が老母の見舞いに旅立った後、羨ましくてたまらず、自分も老母を迎えに行きたいと言い出し旅立つ。しかし、母を背負って帰途についたとき、水を飲みたがる母のために、水を探しに行った隙に、母は虎に食われてしまう。この悲惨な事故に激怒した李逵は四頭の虎を成敗したが、むろん母は二度と帰ってこない（第四十三回）。

親孝行をしようと故郷に向かった李逵は自分のニセモノと出逢い、これを殺してしまう
（横山光輝著『水滸伝』より）

宋江が老父を梁山泊に迎え入れた直後、孝行心を刺激された公孫勝と李逵はそれぞれ老母のもとへもどったが、こうしてまったく異なる結末に至った。梁山泊に父を迎え入れた宋江、最終的に老母のもとに穏やかにもどった公孫勝、深い思い入れにもかかわらず、けっきょく不注意で老母を失った李逵。『水滸伝』の作者が、それぞれのキャラクターに合わせて、親孝行のなりゆきを鮮やかに描き分ける語り口は、みごとというほかない。

豪傑兄弟

梁山泊《りょうざんぱく》の豪傑百八人は、遊侠世界でいう義兄弟であり、彼らは血を分けた実の兄弟よりも、深い縁の糸で結ばれている。もっとも、この義兄弟集団のなかに、実の兄弟も何組か含まれており、梁山泊において同種の役割を分担し、いっしょに行動するケースが多い。

そもそもリーダー宋江《そうこう》の弟宋清《そうせい》からして「鉄扇子《てつせんし》」と呼ばれ、百八人のメンバーの一人である。宋清は、梁山泊のナンバーツーになった宋江が父の宋太公を迎えるために帰郷し、すったもんだのあげく、ようやく思いを遂げたとき、父ともども正式に梁山泊入りした（『水滸伝』第四十二回）。しかし、宋清は武勇もなく、これという特技もないため、梁山泊軍団におけるランクも低く、宴会係を担当した。影のような存在ながら、招安《しょうあん》後の遼《りょう》征伐、方臘《ほうろう》征伐にも参加、生還して帰郷し、宋江から譲られた家屋敷を守ることになる。いわば、宋清はやがて非業の死を遂げる兄に代わって、家を継承する役割を担うのである。

宋江兄弟の場合は例外だが、他の兄弟は力量も匹敵し、文字どおり死生をともにする場合がほとんどだ。水滸伝世界に最初に登場する兄弟は、「立地太歳《りっちたいさい》」阮《げん》小二《しょうじ》・「短命二郎《たんめいじろう》」阮小五《げんしょうご》・「活閻羅《かつえんら》」阮小七《げんしょうしち》である。彼らは漁師だったが、晁蓋《ちょうがい》らが蔡京《さいけい》の誕生祝い強奪をはかったとき、村塾の教師だった軍師の呉用《ごよう》に誘われ、そろって強盗団に加わった。その後、逮捕されそうになると、晁蓋らとともに梁山泊に逃げ込み、以来、阮兄弟は梁山泊軍団における水軍指導部のメンバーとして活躍する。しかし、方臘の戦いの渦中で、三人とも病死したり戦死したりするに至る。

梁山泊の主が書生あがりの王倫《おうりん》だったころから、水辺で居酒屋を営み、見張り役だった「旱地忽律《かんちこつりつ》」朱貴《しゅき》にも「笑面虎《しょうめんこ》」朱富《しゅふ》という弟がいる。朱富は李逵《りき》の故郷の沂水《ぎすい》県で居酒屋を営んでいた。帰郷した李逵が老母を虎に食われ、大騒ぎのあげく逮捕されたとき、朱富が機転をはたらかせて助けだし、そのまま梁山泊入りする（第四十三回）。ちなみに、兄の朱貴は王倫が林冲《りんちゅう》に殺され、晁蓋がリーダーになった後も、メンバーとして受け入れられ、見張り役を担当した（あとから加わった朱富は酒の醸造を担当）。彼ら兄弟もまた方臘征伐の渦中で、病死するに至る。

梁山泊軍団が独龍岡《どくりゅうこう》の二つの村と全面戦争に突入し、苦戦している最中、梁山泊入りした兄弟もある（第四十九回）。猟師だった「両頭蛇《りょうとうだ》」解珍《かいちん》・「双尾蝎《そうびかつ》」解宝《かいほう》兄弟である。彼らはお上の命令をうけ一頭の虎を仕とめたものの、庄屋に横取りされ大暴れしたために逮捕され、死刑囚の牢獄に入れられてしまう。これを知った彼らの従姉の女傑、「母大虫《ぼだいちゅう》」顧大嫂《こだいそう》は、夫の「小尉遅《しょううつち》」孫新《そんしん》、夫の兄の「病《びょう》尉遅《うつち》」孫立《そんりつ》（これも兄弟だ）らと協力して、牢破りを敢行、解珍・解宝兄弟を救出し、庄屋一家を皆殺しにした後、ともども梁山泊に向かい、そのまま独龍岡戦争に参加する。女将《じょしょう》顧大嫂の誕生である。その後、彼らは梁山泊軍団の数々の戦いに参加するが、解珍・解宝兄弟は方臘の戦いで悲惨な死を遂げた。ただ、顧大嫂および孫立・孫新兄弟は生きのびて凱旋し、三人そろって帰郷したのだった。

宋江との出会いがやがて梁山泊入りする発端になった兄弟もある。青州《せいしゅう》白虎山《はくこざん》の麓に住む「毛頭星《もうとうせい》」孔明《こうめい》・「独火星《どくかせい》」孔亮《こうりょう》兄弟は、父が、悪女の閻婆惜《えんばしゃく》を殺害し逃亡中の宋江をかくまったのが縁で、宋江と知り合う（第三十二回）。父の死後、兄の孔明が喧嘩沙汰で大量殺人事件を起こしたため、兄弟は逃亡して白虎山を拠点とする山賊になる。その後、彼らの白虎山軍団は、「打虎将《だこしょう》」李忠《りちゅう》らをリーダーとする桃花山《とうかざん》軍団、魯智深《ろちしん》、武松《ぶしょう》、楊志《ようし》らの二龍山《にりゅうざん》軍団（いわゆる青州三山）、および宋江の率いる梁山泊軍団と連合して、青州軍と戦い、勝利を得ると、他の軍団とともに梁山泊入りを果たす（第五十八回）。こうして反逆軍団を吸収することによって、梁山泊の陣容はいっきょに強化されたのだった。ちなみに、孔明・孔亮兄弟も方臘の戦いで、兄は病死、弟は戦死した。

こうして見ると、兄弟そろって梁山泊軍団のために尽力しながら、招安された後の最後の戦い、方臘の戦いで命を落とした例がほとんどであり、暗い気持ちになってしまう。しかし、方臘の戦いをくぐりぬけ、新しい生き方を見つけた兄弟もいないわけではない。宋江が江州に流刑されたころに知り合った、もと船頭の「混江竜《こんこうりゅう》」李俊《りしゅん》の弟分にあたる「出洞蛟《しゅつどうこう》」童威《どうい》・「翻江蜃《ほんこうしん》」童猛《どうもう》兄弟がこれにあた

漁師の三兄弟阮小二、阮小五、阮小七と猟師の兄弟
解珍、解宝（中国古典名著トランプより）

る。李俊は梁山泊入りした後、その才能を買われて水軍のリーダー格となり、童威・童猛兄弟はその忠実な配下となった。

多くの仲間を失った方臘の戦いが終わったあと、生き残った李俊は凱旋せず、仮病を装って蘇州《そ》にとどまった。彼は看病のために残った童威・童猛兄弟や友人と語らい、自己財産を使って船を造り、ともども異国へ向かって船出した。その後、李俊はシャムの国王となり、童威・童猛兄弟は官吏になって楽しい日々をすごしたという（第九十九回）。方臘との激戦で七割のメンバーが命を落とし、生き残った者は三十六名という悲惨な終幕に、ほのかにほのぼのとした彩りを添える話である。なお、やはり李俊と親しかった船頭あがりで、梁山泊水軍の猛者《もさ》だった「船火児《せんかじ》」張横《ちょうおう》・「浪裏白跳《ろうりはくちょう》」張順《ちょうじゅん》兄弟は、方臘の戦いで病死あるいは戦死し、李俊とともにおとぎ話のような夢を見ることはかなわなかった。

以上みてきたように、梁山泊軍団には意外なほど多くの兄弟が組み込まれている。兄弟そろって梁山泊入りをして死力を尽くし、ごくわずかな例外をのぞいて、最終局面において、彼らのほとんどが激戦のなかで命を落としたことを思うと、梁山泊という大いなる共同体が滅びに至る悲劇的な軌跡が、まざまざと立体的に浮かび上がってくるのである。

魔術師

『水滸伝』の物語世界には、さまざまな魔術師が登場するが、もっとも活躍の場面が多いのは、いうまでもなく梁山泊《りょうざんぱく》軍団の魔術師道士、「入雲竜《にゅううんりゅう》」公孫勝《こうそんしょう》である。

公孫勝は蔡京《さいけい》の豪勢な誕生祝いを強奪すべく、晁蓋《ちょうがい》をリーダーとする盗賊団が結成されたとき、初登場する（『水滸伝』第十五回）。彼もまた、これは「不義」の財宝だから奪い取ろうと、晁蓋に話を持ち込み、さっそく盗賊団のメンバーに加えられるのである。水滸伝世界の公孫勝は回が進むとともに、神秘的な雰囲気に包まれるようになるが、初登場のくだりでは、俠気に富む男伊達《だて》の道士そのものであり、ややイメージに落差がある。公孫勝を梁山泊軍団に結びつけるための、やむをえない物語的仕掛けだったのだろう。

誕生祝い強奪の実行にあたっては、公孫勝も棗《なつめ》売りに化けて活動するが、この場面ではまったく魔術を使うことはない。彼が本領を発揮するのは、強奪に成功した後、事件が露見して追手がかかり、辛うじて窮地を逃れ、晁蓋らとともにひとまず阮小二《げんしょうじ》兄弟の住む水郷の石碣《せっけつ》村に逃げ込んだときである。やがて石碣村にも県の追撃部隊が押し寄せるが、このとき公孫勝は魔術を使って怪しい風を吹き起こし、追手の船団に火攻めをかけた。おかげで晁蓋一行は、その隙に数艘の小舟で梁山泊へと向かうことができた（第十九回）。

こうした公孫勝の姿には、明らかに『三国志演義』（第四十九回）で赤壁の戦いに先だち、七星壇を築いて祈禱し、火攻めに不可欠の東南風を吹きおこした諸葛《しょかつ》亮《りょう》のイメージが投影されている。ここには、語り物世界で先んじて語られた『演義』の影響が見られる。

さて、王倫《おうりん》を排除し、晁蓋をリーダーとする原梁山泊軍団が成立すると、公孫勝は呉用《ごよう》についで第三位となる。やがて、腰の定まらなかった宋江《そうこう》が江《こう》州で事件に巻き込まれ、梁山泊軍団に救出されて、やっと正式に梁山泊入りした直後、公孫勝は老母を見舞うべく、故郷の薊《けい》州に帰りたいと申し出、百日の期限付きで帰還する（第四十二回）。しかし、帰郷した彼は師匠の羅《ら》真人《しんじん》のもとで修業にいそしみ、なかなか帰ってこず、その間に梁山泊軍団は、公孫勝の魔術なくしては切り抜けられない窮地に追い込まれる。李逵《りき》が引き起こした事件のため、梁山泊軍団は高唐《こうとう》州の軍勢と戦う羽目になったのだが、知事の高廉《こうれん》（四悪人の一人高俅《こうきゅう》の従弟）が魔法使いであり、翻弄されたのである。

かくして、快足の戴宗《たいそう》が暴れん坊の李逵をお供に引き連れ、すったもんだの末に、ようやく薊州に到着、公孫勝を捜しあてるが、師匠の羅真人が手放そうとしない。頭にきた李逵は真人を斬り殺すが、真人がそう簡単に死ぬはずもなく、逆に魔法をかけて李逵をきりきり舞いさせる（第五十三回）。活躍の場面はここだけに限られるとはいえ、さすが公孫勝の師匠、この羅真人こそ水滸伝世界きっての大魔術師だといえよう。戴宗の必死の説得も功を奏して、羅真人は李逵を許し、公孫勝にもレベルの高い秘法を授けて、梁山泊にもどることを許可した。公孫勝の復帰により高廉の魔法はあっけなく打ち破られ、梁山泊軍団は高唐州の軍勢を粉砕して、大勝利を収めたのだった。

その後、公孫勝は梁山泊軍団の魔術師として重きをなし、軍団が晁蓋の弔い合戦のために、曾頭市《そうとうし》へ再出撃したときも、火攻めの効果をあげるべく、剣をふるって強風を呼ぶなど、大いに活躍する（第六十八回）。かくて、晁蓋の仇を討ち、宋江を筆頭に百八人の主要メンバーがそろったところで、公孫勝が大導師となって四十八人の道士を従え、天地の神々の加護に感謝し、晁蓋の霊を祭るための祭祀が盛大に催されたのだった（第七十一回）。

宋江の主導で、梁山泊軍団が招安され官軍になった後、公孫勝は最初の戦いの遼《りょう》征伐には従軍し大活躍した。しかし、遼征伐に勝利したところで、公孫勝は師匠の羅真人との約束もあり、宋江をはじめ仲間に別れを告げて、薊州へと帰って行く。したがって、梁山泊軍団がかろうじて勝利を得たものの、大勢のメンバーを失い壊滅的打撃をこうむった方臘との戦いには、公孫勝は最初から参加しなかったのである。こうして風のように現れ消えていった公孫勝は、ごくわずかの例外を除き、リーダーの宋江に至るまで、悲劇的な死を遂げたメンバーの霊を祭る役割を、ひそかに担っていたのかもしれない。風を呼ぶ魔術師公孫勝の神秘的イメージは、水滸伝世界の枠組みをゆたかに膨らませるものだといえよう。

神秘的なイメージといえば、魔術師ならぬ女神の九天玄女《きゅうてんげんにょ》も不思議な存在である。この女神は正式に梁山泊入りした宋江が老父を迎えに行くと言い張り、故郷に帰ったとたん、県の警察部隊に包囲され、絶体絶命の窮地に陥ったとき、ふいに出現して救ってくれたばかりか、三巻の天書を授けてくれる（第四十二回）。彼女が宋江の前に出現するのは、このときだけだが、その後もう一度、宋江が遼征伐の最中、遼軍の総司令官兀顔光《こつがんこう》の混天象《こんてんしょう》の陣立てを破ることができず、悩んでいるとき、夢にあらわれ陣立てを破る秘法を授けてくれる。このおかげで宋江は遼軍に大勝利することができた。

つまるところ、九天玄女は水滸伝世界において、宋江ひいては梁山泊軍団を守護する大いなる女神であり、これもまた語り物世界で早くから流布した『西遊記』において、観音菩薩が三蔵《さんぞう》法師一行の守護の女神として存在することから、影響を受けた設定だと思われる。もっとも、観音菩薩は最後まで三蔵法師一行を

四十八人の道士を従え、天地神明の加護に感謝する公孫勝。方臘討伐に参加していないのが本当に悔やまれる（『水滸伝』より）

守護し天竺《てんじく》に送りとどけるが、九天玄女は、物語展開の必然性もあって、梁山泊軍団の壊滅を押しとどめることはできなかった。

　いずれにせよ、『演義』の諸葛亮の影響をうけた軍師呉用や魔術師公孫勝のキャラクターや、『西遊記』の観音菩薩の影響をうけた守護の女神九天玄女の存在は、『水滸伝』がいかに先行作品から多くのヒントを得、それを巧みに転用して、物語世界に組み込んだかを、如実に物語るものだといえよう。

予言

『水滸伝』には梁山泊《りょうざんぱく》軍団の公孫勝《こうそんしょう》をはじめさまざまな魔術師が登場するなど、物語世界を彩る神秘的要素もたっぷり盛り込まれている。はるかな将来を暗示する「偈《げ》」もその一つである。偈はもともと仏教の真理を韻文の形で述べたものだが、『水滸伝』では予言として用いられる場合が多い。こうした偈ともっとも縁の深いのは、「花和尚《かおしょう》」魯智深《ろちしん》である。

義俠心を発揮し、ひょんなことから殺人犯になった魯智深は逃亡中、五台山文殊院《ごだいさんもんじゅいん》の智真《ちしん》長老と出会い、魯智深の根本的な清浄さを見抜いた長老は彼を出家させた。しかし、魯智深は一度ならず二度までも戒律を破って、たらふく生臭ものを食らい、大酒を飲んで泥酔したうえ、仁王像を壊したり、僧侶たちに殴りかかるなど、大暴れを演じるしまつ。これでは智真長老もかばいきれず、とうとう魯智深を開封《かいほう》の大相国寺《だいしょうこくじ》にやることにする。出発にあたり、長老は次のような四句の偈を魯智深に授けた（『水滸伝』第五回）。

遇林而起　林に遇《あ》って起こり
遇山而富　山に遇って富み
遇水而興　水に遇って興《おこ》り
遇江而止　江《かわ》に遇って止《とど》まる

この第一句は、開封に到着した魯智深がやがて「豹子頭《ひょうしとう》」林冲《りんちゅう》と出会い、無実の罪をきせられた彼を助けたことによって、またしても犯罪者と目され、新たな道に踏み出すことを指す。第二句は、魯智深が「青面獣《せいめんじゅう》」楊志《ようし》および「行者《ぎょうじゃ》」武松《ぶしょう》とともに二龍山《にりゅうざん》を拠点に反乱集団を組織することを指す。ついで第三句は水すなわち水辺の砦である大いなる梁山泊軍団に合流することを意味し、第四句は彼の最期を暗示する。というふうに、この四句の偈は、魯智深の将来を予言したものだったのである。
ちなみに、魯智深は梁山泊軍団が招安《しょうあん》され官軍となった最初の戦い、すなわち遼《りょう》征伐に勝利し、開封に凱旋する途中、リーダー宋江《そうこう》とともに五台山に立ち寄って、智真長老と再会し、もう一度、偈を授けられている（第九十回）。

逢夏而擒　夏《か》に逢って擒《とりこ》にし
遇臘而執　臘《ろう》に遇って執《とら》う
聴潮而円　潮《うしお》を聴いて円《えん》し
見信而寂　信《しん》を見て寂《じゃく》す

その後、梁山泊軍団が方臘《ほうろう》との戦いで辛うじて勝利を得、凱旋する途中、杭《こう》州の六和寺《りくわじ》で休息した。このとき、魯智深は銭塘江《せんとうこう》の「潮信《ちょうしん》（潮のとどろき）」を聞いて、この偈の意味をはたと悟り、次のように言う。「『夏《か》に逢って擒《とりこ》にし』とは、わしが万松林《ばんしょうりん》の合戦で夏侯成《かこうせい》（方臘の部将）をとりこにしたこと、『臘《ろう》に遇って執《とら》う』とは、わしが方臘を生け捕りにしたことだ。今日、潮信に出会ったからには、円寂《えんじゃく》するはずだ」。そこで、六和寺の僧侶に「円寂」の意味をたずねると、なんと死ぬことを指すという。笑いながら今日こそ死ぬ日だと悟った魯智深は身体を清め、穏やかに「座化《ざげ》（座ったまま大往生を遂げること）」したのだった（第九十九回）。

魯智深は、血みどろの葛藤をへて梁山泊入りした武松や林冲さらには宋江らとは異なり、「義を見て為《な》さざるは勇無き也」（『論語』為政篇）とばかりに、自分には縁もゆかりもない悪漢をぶち殺したのが機となり、曲折を経て梁山泊入りして、持ち前の武勇を発揮し大奮闘した。その意味で、彼の生の軌跡はいたってシンプルであり、智真長老が看破したとおりのプロセスを踏んで罪業を洗い流し、清浄の化身となって、みごとに昇天したのである。梁山泊百八人の豪傑のなかで、こんなに恵まれた軌跡をたどった者はほかには見当たらない。まさに、選ばれた快男児というべきであろう。

ちなみに、魯智深とともに「山に遇って富」んだ武松は左腕を失う戦傷を負ったために、寺男として六和寺にとどまり、はるか後年、八十歳で大往生を遂げた。

中国杭州市を流れる銭塘江河畔にそびえたつ六和塔。塔の裏手には魯智深の「魯達円寂」と武松の「武松出家」の像がある

また、魯智深が「林に遇って起こ」る契機になった林冲は中風にかかったために、これまた六和寺に残り、武松の手厚い看護をうけ彼に看取られて死去した。魯智深とりわけ縁の深かった二人が、こうして平穏な最期を迎えることができたのも、快男児魯智深の余沢《よたく》というべきか。

付言すれば、先述のように遼征伐後、魯智深とともに五台山に立ち寄った宋江もまた、智真長老から次のような偈を授かった（第九十回）。

当風雁影翻　　風に当たって雁の影は翻《ひるがえ》り
東闕不団円　　東闕《とうけつ》に団円せず
隻眼功労足　　隻眼《せきがん》に功労足《た》り
双林福寿全　　双林《そうりん》に福寿全《まった》し

この偈の第一句と第二句は、風にあおられて散り散りになる雁の群れのように、招安された梁山泊軍団が東闕（東華門《とうかもん》）から宮中に入り、皇帝にお目どおりした後、離散する運命にあることを指し、第三句と第四句は遼征伐に勝利し、開封の手前にある双林渡《そうりんと》まで凱旋できたことで福運の極みに達し、以後は衰亡の一途をたどることを暗示すると見られる。

宋江はこの意味をまったく理解できなかったが、事態はこの不吉な予言どおりに推移した。魯智深は智真長老の予言の意味を最後にしっかり理解し、心置きなく大往生を遂げた。これに対して宋江は、自らと梁山泊軍団の悲劇的な行く末を暗示されながら、方臘との激戦、軍団の壊滅、さらには自らの非業の最期へと、破滅への道をやみくもに突き進んだ。さりげなく物語展開のうちに挿入されたこの二つの偈は、大いなる水滸伝世界の終幕の様相じたいをも暗示しており、その意味はまことに深い。

トリックスター

梁山泊《りょうざんぱく》の豪傑百八人のうちでも、阿修羅のように荒れ狂う「黒旋風《こくせんぷう》」李逵《りき》はとりわけ異彩を放つ存在である。彼は剛勇無双、最強の猛者《もさ》である反面、時に大ポカをやり、珍無類のふるまいに及ぶなど、滑稽な道化役として物語世界をざわめかせる。この強くて滑稽な李逵こそ、水滸伝世界を揺り動かし活性化させる大いなるトリックスターだといえよう。

李逵が水滸伝世界に初登場するのは、物語展開が中盤に入った第三十八回である。このとき李逵は江《こう》州監獄の牢番であり、監獄主任の「神行太保《しんこうたいほ》」戴宗《たいそう》の配下だった。そこに流刑処分になった宋江《そうこう》が老父の言いつけを守り、梁山泊軍団と別れて江州監獄に到着、彼らとめぐりあうことになる。李逵は対面した相手が、任侠世界で名高い「及時雨《きゅうじう》、黒《こく》宋江」だと知るや、大喜びして深い敬意を抱き、宋江も一目で粗暴な李逵の根本的な誠実さを見ぬく。こうして意気投合した二人の信頼関係は、死ぬまで変わることがなかった。

李逵がその爆発的な攻撃力を見せつけたのは、謀反の罪をかぶせられた宋江と戴宗が、江州知事の蔡九《さいきゅう》（四悪人の一人、蔡京《さいけい》の息子）の命令で、処刑場に送り込まれたときだった。晁蓋《ちょうがい》の率いる梁山泊軍団が彼らを救出すべく処刑場になだれ込んだ瞬間、当時まだ梁山泊軍団と面識のなかった李逵も、単独で二丁のまさかりをふりかざし突入する。李逵は委細かまわず「グルグルまさかりをふりまわし、やみくもに人を斬り殺し」（第四十回）、彼が駆けぬけたあとは、「軍人、住民を問わず、殺された者の屍が横たわって野をおおい、血は流れて渠《みぞ》をなし、押し倒された者、ひっくり返った者は数えきれない」（同）というありさまだった。李逵が黒い旋風のように荒れ狂った後、あたり一面血の海となる場面は、以後も枚挙に暇がないほど見える。まさに超人的武勇による大量殺戮の極である。

李逵の奮戦によって、宋江と戴宗は首尾よく梁山泊軍団に救出され、宋江、李逵、戴宗はこれを機に梁山泊入りすることとなる。しかし、トラブルメーカーの李逵はやがて大事件をひきおこす。そもそもの発端は、宋江の故郷、鄆城県《うんじょうけん》の警察部隊隊長の朱仝《しゅどう》が、わけあって滄《そう》州に流刑処分されたことにある。朱仝は滄州知事に気に入られ、その四歳の愛息のお守り役をまかされる。朱仝は窮地に陥った晁蓋と宋江を救ったこともあり、その腕っぷしに惚れ込んでいた彼らは、何としても朱仝を梁山泊入りさせたいと考えた。そこで、軍師の呉用《ごよう》が、朱仝の元同僚の雷横《らいおう》と李逵を滄州に派遣し、雷横が朱仝を呼びだした隙に、一人になった知事の息子を殺害するという恐るべき計画を立てた（第五十一回）。そうすれば、逃げ場のなくなった朱仝は梁山泊入りするしかないというわけだ。計画は図に当たり、朱仝はやむなく梁山泊入りを承知するが、幼児を殺害した李逵だけは許せないと条件をつけ、李逵はしばらく梁山泊を離れて太っ腹の「小旋風《しょうせんぷう》」柴進《さいしん》に身を寄せることになる。

それにしても、いかに呉用ひいては晁蓋、宋江の命令とはいえ、平然と幼児を殺害する李逵の非情さ、残酷さにはおよそ想像を絶するものがある。

ともあれ柴進のもとに身を寄せた李逵はここで大事件をひきおこす。高唐《こうとう》州に住む柴進の叔父に嫌がらせをした、州知事高廉《こうれん》の義弟を殴り殺したのである。李逵は梁山泊に逃げ帰るが、柴進は逮捕・投獄されてしまう。梁山泊軍団は柴進を救出すべく出撃するが、高廉は魔術師であり、翻弄されてにっちもさっちもゆかない。この難局を打開するには、はるかかなた薊州《けい》に帰郷中の梁山泊軍団の魔術師公孫勝《こうそんしょう》をよびもどすしかない（第五十三回）。

かくして、快足の戴宗の出番となるが、責任を感じた李逵も同行を希望する。この珍道中には道化役、トリックスターとしての李逵の姿が活写されている。戴宗は李逵にも神行法（快足術）を用いさせることとし、この神秘的な術を用いる者は精進潔斎する必要があるため、生臭物を口にしないよう言い聞かせる。しかし食い意地の張った李逵はこらえきれず牛肉を食べてしまう。これを察知した戴宗は李逵に術をかけ、フルスピードで歩かせたり、逆に根が生えたように歩けなくさせたりした。さんざん懲らしめられ、へとへとになった李逵はうってかわって大人しくなり、精進潔斎してなんとか薊州にたどりついた。

薊州到着後も李逵は公孫勝の師匠である羅真人《らしんじん》を殺そうとして、逆に魔法をかけられ、きりきり舞いするなど、日頃の猛者ぶりはどこへやら、まったくドタバタ喜劇の道化そのものである。こうした李逵の派手なあがきのかいあってか、公孫勝はめでたく復帰し、梁山泊軍団は魔術師高廉の率いる高唐州軍を打ち破ることができた。

獰猛な暴れ者李逵が滑稽な道化に変貌する場面はほかにも多々見られるが、面白いのは、のちに梁山泊入りする小柄な色男の燕青《えんせい》とコンビを組むとき、李逵がとたんに道化的になることである。燕青は相撲がうまく、熊のような大男の李逵さえ難なく投げ飛ばすため、李逵はこれが怖くて頭があがらないのだ。

ときには純粋暴力の化身として暴れまわり、またときには術使いの戴宗や、やさ男の燕青に翻弄されておろおろする李逵。こうした強くて可笑しいトリックスター李逵のイメージは、まさしく盛り場の語り物世界において、うっぷん晴らしを求める聴衆の喝采と哄笑を受けながら、はぐくまれたものにほかならない。

水滸伝世界の大トリックスター李逵は、朝廷の使者に毒を盛られ死期を悟った宋江に、一人残してゆくのは危険だと、やはり毒入りの酒を飲まされ道連れにさ

奉納舞台の上で大男を投げ飛ばす燕青と、舞台下で虎ヒゲを逆立てて大暴れする李逵
（『水滸伝』より）

れた。事のしだいを知った李逵は涙を流しながら、「いいさ、いいさ、生きているとき、哥哥《ガガ》（兄貴）に仕え、死んでも哥哥の子分の亡者だよ」と言いながら息絶える（第一百回）。残酷さや滑稽さを合わせもちながら、李逵は純粋な男だったのだ。ただし、その純粋さは人間世界の枠を超えた途方もない、一種、宇宙的なものだったといえよう。

かくまう侠

水滸伝世界には、窮地に陥った豪傑をかくまう義侠心に富んだ人物が登場し、物語展開において重要な役割を担う。そもそも水滸伝の物語世界は、近衛軍師範の王進《おうしん》が四悪人の一人、高俅《こうきゅう》に憎まれ、老母ともども首都開封《かいほう》を脱出するところから、動きはじめるが、このとき早くも彼ら母子を庇護してくれる太っ腹の人物があらわれる。逃避行の途中、立ち寄った史家村《しかそん》の豪農、史太公《したいこう》である。史太公には史進《ししん》という武芸好きの息子がいた。王進は、全身に九匹の青龍の刺青があるため「九紋竜《くもんりゅう》」と呼ばれるこの史進の師匠となり、史太公の屋敷に滞在してみっちり武芸十八般を教え込んだ。

半年後、王進は史太公と史進に別れを告げ、仕官の道を求めて老母とともに延安に向かい、以後、水滸伝世界には二度と登場しない。これに対して、史進は激しい転変を繰り返す。まもなく父の史太公が死去し、ひょんなことから少華山《しょうかざん》の山賊と親しくなった史進は県の警察に逮捕されそうになったため、屋敷に火をかけて逃亡、師匠の王進を頼って延安へと向かう。その途中で、「花和尚《かおしょう》」魯智深《ろちしん》と出会い意気投合するが、その直後、魯智深は娘芸人の金翠蓮《きんすいれん》父娘に同情して殺人事件を起こしてしまう（『水滸伝』第三回）。というふうに、王進との絡みで彼をかくまった豪農の息子、史進が登場し、その史進との絡みで水滸伝世界の大スターの一人、魯智深が早くも登場、一気に話がもりあがってゆくのである。

ちなみに、殺人犯となり逃亡した魯智深は、再会した娘芸人金翠蓮の現在のパトロン、財産家の趙員外《ちょういんがい》の口ききにより、五台山《ごだいさん》の智真《ちしん》長老のもとで出家するに至る。広い意味では、この趙員外と智真長老も窮地に陥った豪傑魯智深を助けかくまう太っ腹の援助者と目される。付言すれば、史進はその後、故郷の少華山にもどり、山賊軍団のリーダーとなるが、やがて仲間とともに梁山泊《りょうざんぱく》入りを果たす（第五十九回）。

物語世界の開幕に近い時点で登場する援助者は、今みたように、高僧の智真長老はむろんのこと、史太公、趙員外も任侠世界とはもともと無縁な人々である。みずからも任侠世界にその人ありと知られる最強の援助者、「かくまう侠」の大物といえば、なんといっても「小旋風《しょうせんぷう》」柴進《さいしん》である。柴進は由緒正しい家柄の出身だった。

九〇七年、唐王朝が滅亡した後、北方では五代、すなわち後梁《こうりょう》、後唐《こうとう》、後晋《こうしん》、後漢《こうかん》、後周《こうしゅう》の順で五つの王朝が興亡し、南方では呉《ご》、南唐《なんとう》、前蜀《ぜんしょく》、後蜀《こうしょく》、南漢《なんかん》、楚《そ》、呉越《ごえつ》、閩《びん》、南平《なんへい》、北漢《ほくかん》の十国が乱立した。いわゆる五代十国の乱世である。このうち、五代最後の王朝、後周の第二代皇帝柴栄《さいえい》（世宗《せそう》。九五四―九五九在位）は名君であり、内政の充実をはかりながら、敵対勢力を弱め、着実に全土統一への布石を打った。しかし、柴栄は事半ばにして三十九歳で病死してしまう。柴栄のやり残した事業を受け継ぎ完成させたのが、柴栄配下の部将だった趙匡胤《ちょうきょういん》、すなわち北宋《ほくそう》王朝の始祖の太祖（九六〇―九七六在位）である。こうした事情もあって北宋王朝は代々、柴栄の子孫を優遇したが、柴進はまさしくこの柴栄の子孫であった。このため、彼は隠然たる勢力を有し、公的権力を無視して、さまざまな理由で窮地に陥った豪傑をかくまい庇護することができた。

　水滸伝世界に柴進が初登場するのは、高俅の養子の差し金で無実の罪をきせられた近衛軍師範、「豹子頭《ひょうしとう》」林冲《りんちゅう》が二人の警吏に護送され、滄《そう》州の監獄へ向かう途中である（第九回）。柴進は屋敷に立ち寄った林冲を手厚くもてなし、また監獄でひどい目にあわないようにと、看守にあてた手紙と金品を持たせてやるなど、心やさしい配慮を示す。おかげで、林冲は監獄でしばし厚遇されるが、またも高俅の養子の手の者に襲われて焼き殺されそうになり、彼らを血祭りにあげて逃亡する羽目になる。行き場を失った林冲が逃げ込んだ先は、やはり柴進の屋敷だった。柴進は快く迎え入れてくれたが、いつまでも厄介になるわけにはゆかないと、林冲は柴進の書いてくれた手紙をもって、梁山泊へと向かう（第十一回）。

　ついで、柴進のもとに身を寄せるのは、悪女の閻婆惜《えんばしゃく》を殺して凶状持ちになった宋江《そうこう》である。柴進はかねて遊俠世界で名高い宋江が自分を頼ってくれたことを大いに喜び、「たとえ朝廷の高官を殺し、官庫の財物を強奪したとしても、この屋敷にかくまいます」（第二十二回）と言い切る。まさに太っ腹の俠である。この

柴進は囚人姿の林冲を一目見て、ただ者ではないと見抜き、屋敷に招待して厚遇する
（横山光輝著『水滸伝』より）

とき、柴進の屋敷には故郷で警官を殴り倒して、相手が死んだと思い込み、逃げ込んでいた豪傑の武松《ぶしょう》もいた。武松は喧嘩相手の警官が気絶しただけだと知り、帰郷しようとした矢先、瘧《おこり》の病にかかり身動きとれなくなっていた。ここで偶然、宋江のおかげで武松の瘧が快癒し、二人はすっかり意気投合して、義兄弟の契りを結ぶに至る。しばし柴進の屋敷でともにすごした二人は、やがていったん手を分かち、それぞれの道へと歩きだすのである。こうしてみると、かくまう侠、柴進の屋敷空間は、表社会からはじき出された豪傑たちが奇しき出会いを果たす、一種の解放区として設定されているともいえよう。

魔物のような「黒旋風《こくせんぷう》」李逵《りき》も前回述べたとおり、知事の坊ちゃん殺しの一件で「美髯公《びぜんこう》」朱仝《しゅどう》に嫌われ、しばらく梁山泊を離れて太っ腹の柴進に身を寄せた（第五十二回）。ここで李逵が大事件をひきおこしたために、柴進は高唐州《こうとう》の監獄に入れられ、さんざんな目にあうが、やがて梁山泊軍団に救出され、梁山泊入りするに至る（第五十四回）。

開幕当初から、進退きわまった勇者や豪傑をかくまう援助者を登場させて、物語を巧みに展開させたうえで、大いなる援助者の柴進を登場させ、主要な登場人物を緊密に結びつけるなど、水滸伝世界におけるかくまう俠、援助者の設定にはまことに意味深いものがあり、その目配りの行き届いた巧緻な語り口は、みごとというほかない。

特技

梁山泊《りょうざんぱく》軍団の核を為す百八人のメンバーには、剛勇無双の名うての猛者《もさ》のみならず、さまざまな特技をもつ者も含まれており、梁山泊が大共同体になる過程で、それぞれ余人をもって代えがたい役割を分担することになる。

超人的な快足を以て梁山泊軍団の情報担当として大活躍する「神行太保《しんこうたいほ》」戴宗《たいそう》と、文武両道、芸達者の色男「浪子《ろうし》」燕青《えんせい》は、こうした特殊技能者の代表的存在である。彼らほど華々しくはないが、水滸伝世界にはほかにも、ここぞというときに持ち前の特技を発揮する優秀な技能者が多々存在する。今回はそんな裏方的な技能者にスポットをあててみよう。

まずあげられるのは盗みの達人、「鼓上蚤《こじょうそう》」時遷《じせん》である。時遷が梁山泊入りした経緯はなかなか複雑だ。まず、薊《けい》州の監獄主任・首斬り役人の「病関索《びょうかんさく》」揚雄《ようゆう》が、彼に反感をもつ牢番グループに喧嘩をふっかけられ進退きわまったところを、「拚命三郎《はんめいさんろう》」石秀《せきしゅう》に救われて、義兄弟の契りを結ぶ。揚雄には潘巧雲《はんこううん》という美人妻がいたが、これが奔放な悪女であり、出入りの僧侶と不倫関係になったため、揚雄と石秀は彼らをめった斬りにして殺害してしまう。またも悪女絡みの事件である（『水滸伝』第四十四回―四十六回）。

それはさておき、揚雄と石秀が梁山泊に逃げ込む相談をしていると、薊州界隈で泥棒稼業をしていた時遷が聞きつけ、揚雄と知り合いだったこともあって、仲間に入れてもらい、三人で梁山泊に向かうことになる。ところが、途中で立ち寄った祝家荘《しゅくかそう》の宿屋で、手癖のわるい時遷がニワトリを盗み、祝家荘の部隊につかまってしまう。すったもんだのあげく、揚雄と石秀は梁山泊に駆け込み助けを求めるが、晁蓋は泥棒の片棒はかつげぬと激怒し拒否する。宋江《そうこう》らのとりなしでまずは手打ちとなり、これが契機となって梁山泊軍団はかねて彼らを敵視する独《どく》龍岡《りゅうこう》の二つの村、祝家荘および扈家荘《こかそう》との全面戦争に突入する。苦戦のあげく梁山泊軍団は完全勝利し、時遷もようやく救出されたのだった（第五十回）。

晴れて梁山泊入りした時遷に、まもなく一世一代の腕の見せ場がめぐってくる。独龍岡につづき高唐州《こうとう》との戦いに勝利して意気上がる梁山泊軍団を放置できないと、四悪人の一人高俅《こうきゅう》（殺された高唐州知事の高廉《こうれん》はその従弟）が上奏して、二本の鞭を操る猛将、「双鞭《そうべん》」呼延灼《こえんしゃく》を大将とする官軍が梁山泊に猛攻をかけ、梁山泊軍団は官軍の「連環騎兵《れんかんきへい》（馬も人も鎧で武装し、矢を跳ね返す戦術）」にさんざん手こずらされた。

このとき、先祖代々の刀鍛冶である「金銭豹子《きんせんひょうし》」湯隆《とうりゅう》が、これを撃ち破る武器「鉤鎌槍《こうれんそう》」を製造し、その唯一の使い手である自分の従兄、「金鎗手《きんそうしゅ》」徐寧《じょねい》を連れてくるしかないと提案する。しかし、「鉤鎌槍」じたいは湯隆が先祖直伝の図面をもっており、すぐ製造できるものの、朝廷に仕える金槍班の師範である徐寧は、おいそれとは呼び寄せられない。そこで、またも湯隆の提案により、徐寧が大切にしている家宝の鎧を盗み出し、梁山泊におびき寄せることとなる。いよいよ時遷の出番である。時遷は深夜、開封《かいほう》の徐寧の家に忍び入り、まんまと皮箱に入った鎧を盗み出すことに成功、徐寧自身もけっきょく梁山泊入りを承知する。かくて、徐寧と湯隆の率いる鉤鎌槍部隊が呼延灼の連環騎兵を撃破し、梁山泊軍団は勢いを盛り返すことができたのだった（第五十七回）。これ以後、優秀な鍛冶の技術者湯隆は梁山泊軍団の鉄匠総管に任命され、武器や鎧の製造総監督をつとめることになる。

一方、徐寧獲得作戦の功労者時遷は以後、盗みの腕を披露する機会はなくなるが、隠密の潜入作戦でしばしば功績をあげ、最後まで梁山泊軍団に貢献した。付言すれば、盗みの達人時遷のイメージは、戦国時代の大いなる侠者孟嘗君《もうしょうくん》が秦の国に滞在中、危機に陥ったとき、孟嘗君に随行していた食客の「狗盗《くとう》（コソ泥）」が、秦の昭襄《しょうじょう》王の蔵から先に孟嘗君が献呈した、一枚しかない貴重な「狐白裘《こはくきゅう》（狐の脇の下の毛を集めて作った毛皮）」を盗みだし、これを王の寵姫に献呈してとりなしてもらい、辛うじて脱出した、という有名な故事「鶏鳴狗盗」を下敷きにしたものである。よく知られた故事の人物を、こうしてさりげなく下敷きにして興趣をもりあげるとは、『水滸伝』の作者も芸が細かい。

時遷や湯隆以外にも、宋江が江《こう》州で死刑囚の監獄に入れられたとき（第三十九回)、彼を救出すべく、呉用《ごよう》の提案で作成された蔡京《さいけい》のニセ手紙において、蔡京の筆跡をまねた模写名人の「聖手書生《せいしゅしょせい》」蕭譲《しょうじょう》、印鑑造りの名人「玉臂匠《ぎょくひしょう》」金大堅《きんだいけん》も特殊技能者である。彼らはのちに、大共同体となった梁山泊において、ともに来客、手紙、文書の処理を担当することになる。なるほど大組織では事務系統の整備も重要な問題となるわけだ。

さらにまた、戦いの連続だった梁山泊軍団では、負傷者や病人も多く、有能な医者もなくてはならない存在である。その意味で、内科にも外科にも精通した名医の「神医《しんい》」安道全《あんどうぜん》こそ、梁山泊軍団の豪傑たちの救世主だった。そもそも安道全は、宋江が投獄された「玉麒麟《ぎょくきりん》」盧《ろ》俊義《しゅんぎ》を救出すべく、梁山泊軍団を率いて北《ほく》京《けい》に攻め寄せたさい、背中に悪性の腫瘍ができて重態となり、梁山泊に撤退したとき、「浪裏白跳《ろうりはくちょう》」張順《ちょうじゅん》によってはるばる建康(南京)から、強引に梁山泊に連れて来られた。張順の母の背中に腫瘍ができたとき、安道全のおかげで快癒したことがあり、張順はその名医ぶりをよく知っていたのである。宋江の治療にあたった安道全は十日もたたないうちに、みごとに宋江の腫瘍を直した(第六十五回)。

連環馬の両脇の馬の脚を鉤鎌槍で引き倒すと内側も総崩れとなる。呼延灼もたまらず逃げだした（『水滸伝』より）

以後、安道全は梁山泊軍団の主治医となり、方臘《ほうろう》の戦いの最中、徽宗《きそう》が風邪を引いたということで、都開封に召喚されるまで、梁山泊軍団と行をともにした。

　こうして盗みの技術者から医者に至るまで、それぞれ特技をもつ者が効率よく役割分担し、裏方として梁山泊軍団を支えてゆくのだが、このリアルな組織構造は、『水滸伝』が分業の進んだ北宋《ほくそう》に育まれた物語であることを自ずと示すものであり、まことに興味深い。

一騎打ち

『水滸伝』には意外に一騎打ちの場面が少ない。ことに後半に入り、戦いにさいして、梁山泊《りょうざんぱく》軍団がいくつもの部隊に分かれ、強大な敵に向かってゆく集団戦の様相が強まるにつれて、勇者が一対一で激突する一騎打ちはますます少なくなってゆく。とはいえ、壮絶な一騎打ちが挿入され、これを機に物語の流れが大きく転換するケースもむろん見られる。

その顕著な例は、「豹子頭《ひょうしとう》」林冲《りんちゅう》と「青面獣《せいめんじゅう》」楊志《ようし》の一騎打ちである。林冲は、四悪人の一人、高俅《こうきゅう》の差し金で流刑に処せられたのみならず、高俅の手の者に焼き殺されそうになり、逆に手の者を惨殺して逃亡した。凶悪犯となった林冲は当時、王倫《おうりん》が支配していた梁山泊に身を寄せようとする。しかし、小心な王倫は猛者《もさ》の林冲に恐れをなし、旅人を殺してその首を差し出せば、仲間入りを認めるな

ど と、姑息な条件をつける。やむなくこれを受け入れた林冲がめぐりあった相手が楊志である。もと武官の楊志は公務上、過失を犯し、逮捕を恐れて逃亡したが、恩赦になり都へ戻る途中だった。かくて林冲と楊志は五十合近く戦うが実力伯仲、勝負がつかない。さすがの王倫も二人の腕前を認め、林冲を迎え入れることとし、楊志にも仲間入りを進めるが、楊志は断り都へと向かう（『水滸伝』第十二回）。

こうして林冲が楊志と一騎打ちし、いちはやく梁山泊入りを果たしたことが、その後、王倫を排除し、晁蓋《ちょうがい》をリーダーとする梁山泊軍団が形成される重要な布石となるのである。

さて、都に向かった楊志はならず者を殺害する事件をおこし、北京《ほくけい》（河北省大《だい》名《めい》県）に流罪になってしまう。ここで楊志はまたまた一騎打ちによって、所司代の梁中書《りょうちゅうしょ》（四悪人の一人、蔡京《さいけい》の女婿）に実力を認められる。梁中書の命令により、彼はまず槍と弓を武器に副隊長の周謹《しゅうきん》と一騎打ちして、難なく勝利をおさめる。ついで戦いを挑んだ隊長の「急先鋒《きゅうせんぽう》」索超《さくちょう》と馬を走らせ、丁々発止と一騎打ちしたが、いずれ劣らぬ剛の者、これはなかなか勝負がつかず引き分けとなった。これを機に楊志は副隊長に取り立てられたのだった（第十三回）。ちなみに、索超はその後、曲折を経て梁山泊入りするに至る（後述）。

梁中書に信任された楊志は、やがて梁中書の舅、蔡京《さいけい》の豪勢な誕生祝いの運搬責任者となるが、途中で晁蓋をリーダーとする盗賊団に誕生祝いを騙し取られ、逃亡のやむなきに至る。逃亡の途中、かの「花和尚《かおしょう》」魯智深《ろちしん》と出くわし、またた派手な一騎打ちとなるが、おたがいに相手が誰か判明したとたん、たちまち意気投合し、力をあわせて山賊の拠点二龍山《にりゅうざん》を乗っ取ったのだった（第十七回）。こうしてみると、楊志は三度、壮絶な一騎打ちを演じ、これによって彼自身の運命も物語展開も、大きく転換するのである。

一方、蔡京の誕生祝いを手中に収めた晁蓋らの盗賊団はやがて一件が露見し、一網打尽になりかけるが、辛うじて危機を脱出、梁山泊に逃げ込む。ここで林冲が彼らを受け入れまいとする王倫を刺殺した結果、晁蓋をリーダーとする梁山泊軍団の原型ができあがる。

この後、晁蓋に情報を漏らし逃亡させた県役人の宋江《そうこう》の運命も激変する。たまたま媒婆《メイポ》（仲人婆さん）を通じて世話をすることになった妖艶な悪女、閻婆惜《えんばしゃく》を殺害してしまい、これまた逃亡する羽目になったのだ。宋江は曲折をへて、清風寨《せいふうさい》の軍事司令官で弓の名手、「小李広《しょうりこう》」花栄《かえい》に身を寄せようとする。しかし、次から次に事件に巻き込まれ、宋江と花栄は花栄の上官、「霹靂火《へきれきか》」秦明《しんめい》の率いる青《せい》州軍の猛攻を受けるに至る。このとき、花栄と秦明は凄絶な一騎打ちを演じ、四、五十合も戦うが、勝負がつかない。花栄は逃げるふりをして秦明を誘い、猛然と追撃してくる秦明の兜の赤い房を、みごと一矢で射落として、牽制したのだった。持久戦のはてに秦明は宋江と花栄に生け捕りにされ、仲間入りを勧められる。秦明はいったん拒絶するものの、けっきょく宋江らの計略にひっかかり、やむなく仲間入りを承知するのである（第三十四回）。

この花栄と秦明の場合も、先に楊志と魯智深がまず一騎打ちし、けっきょく仲間になったのと同じパターンにほかならない。せんじつめれば、水滸伝世界の豪傑同士の一騎打ちは、仲間になるための「儀式」の側面があるといえよう。

梁山泊軍団が強大になった後の独龍岡《どくりゅうこう》戦争において、独龍岡軍の花ともいうべき武勇抜群の美女「一丈青《いちじょうせい》」扈三娘《こさんじょう》は、まず色好みの「矮脚虎《わいきゃくこ》」王英《おうえい》と一騎打ちして十数合渡り合い、難なく生け捕りにするが、林冲《りんちゅう》との一騎打ちにはあえなく敗れ、逆に生け捕りにされてしまう（第四十八回）。梁山泊軍団が独龍岡戦争に勝利した後、彼女は宋江のはからいで王英と結ばれ、以後、梁山泊きっての女将《じょしょう》となる。こうしてみると、二度の一騎打ちは、これまた扈三娘が梁山泊入りするための「儀式」もしくは「通過儀礼」だったともいえる。

ちなみに、先に楊志と一騎打ちした北京軍の隊長索超も、その後、一騎打ちのあげく梁山泊入りするに至った。投獄された「玉麒麟《ぎょくきりん》」盧俊義《ろしゅんぎ》を奪還すべく、梁山泊軍団はつごう三度にわたって北京を襲撃した。梁山泊軍が最初に襲撃したさい、いずれ劣らぬ短気者の北京軍の索超と秦明がさっそく馬に鞭うって飛び出し、二十数合斬り結んだが勝負がつかない。そのうち梁山泊軍から射かけられた矢が左腕に命中したため、索超は自陣に逃げ戻った（第六十三回）。けっきょく索超は梁山泊軍団が三度目に襲来したとき、生け捕りにされ、梁山泊入りするに至る。索超の場合は一騎打ちによって即仲間入りしたわけではないが、これが梁山泊入りの前ぶれになったとおぼしい。

今あげた一騎打ちの例において、林冲、楊志、索超、秦明などの名が繰り返し出てくるのも、なかなか興味深い。おそらく語り物の「水滸語り」において、彼らのイメージには一騎打ちの名場面と切り離せないものがあったのだろう。また、仲間入りの「儀式」だという暗黙の了解があるために、『水滸伝』の一騎打ちには血なまぐささがなく、活劇ショーのような余裕がある。まさに究極のエンターテインメントである。

林冲と楊志はお互い朴刀をひっさげ互角の戦いをくり広げる。高みの見物をしていた王倫が仲裁に入った（『水滸伝』より）

武器

梁山泊《りょうざんぱく》の豪傑百八人にはそれぞれ固有の得物《えもの》（得意の武器）があり、これをふるって縦横無尽の活躍をする。もっともオーソドックスな得物は刀剣であり、これを得物とする者は多いが、なかでも由緒正しいのは、「大刀《だいとう》」関勝《かんしょう》の青龍偃月刀《せいりゅうえんげつとう》である。

関勝は三国志世界の英雄関羽《かんう》の子孫だとされ、関羽と同様、青龍偃月刀を使いこなし、関羽の愛馬、赤兎馬《せきとば》を思わせる赤毛の馬に乗って戦場を駆けめぐる。関勝が水滸伝世界に登場するのは、後半第六十三回、北京《ほくけい》の牢に入れられた盧俊義《ろしゅんぎ》を救出すべく、宋江《そうこう》の率いる梁山泊軍団が攻め寄せたときである。蒲東《ほとう》（陝西省）の下役人だった関勝は、首都開封《かいほう》の警備隊長で、旧知の「醜郡馬《しゅうぐんば》」宣賛《せんさん》の推薦によって蔡京《さいけい》に召し寄せられ、梁山泊軍団に包囲された北京救援に派遣されることになる。このとき関勝はまず彼らの本拠梁山泊を攻めるべきだと提案、一万五千の軍勢を率いて梁山泊を急襲する。宋江らは慌てて包囲を解いて梁山泊へ向かい、青龍偃月刀をふるう関勝と壮絶な戦いを展開する。やがて関勝の剛勇に惚れ込んだ宋江は計略を用い、宣賛とともども関勝を生け捕りにした。関勝は宋江の丁重な扱いにこたえて、宣賛とともに梁山泊入りし、梁山泊軍団の重要メンバーとして第二次、第三次の北京攻撃に加わった。官軍から梁山泊軍団への鮮やかな転身である。

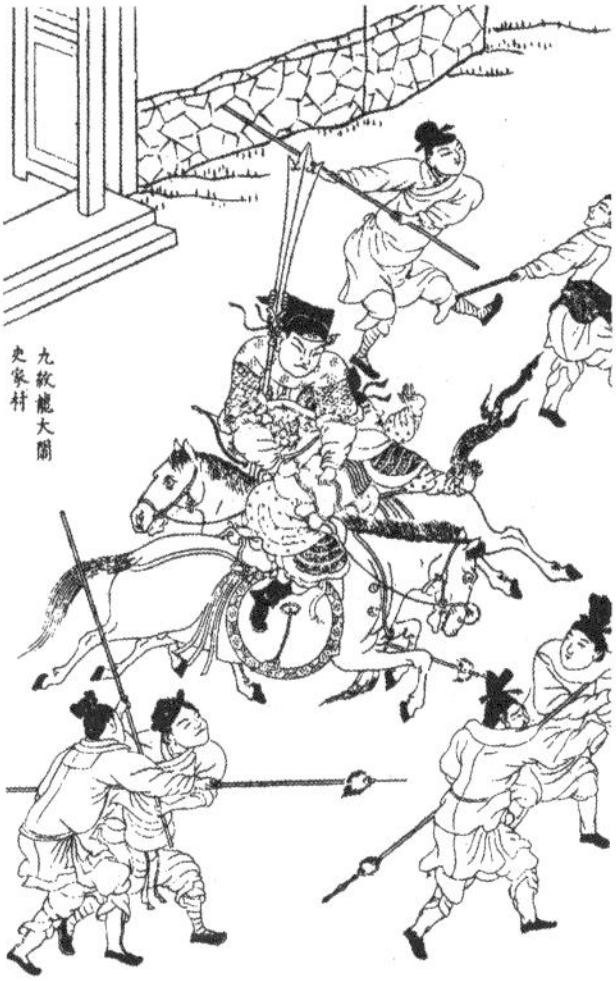

三尖両刃四竅八環刀を手に大暴れする史進。先端がたしかに三つに分岐している

さて、刀にはさまざまな種類があるが、変わった刀といえば、『水滸伝』の開幕直後に登場する「九紋《くもん》竜《りゅう》」史進《ししん》の得物、三尖両刃《さんせんりょうじん》四竅八環刀《しきょうはちかんとう》があげられる。これはもろ刃で先端が三つ

に分岐し、柄に装飾として四竅すなわち四つの穴をあけ、八環すなわち八つの環（輪形の玉）をはめた刀である。いかにも豪農の息子史進らしい華々しい刀といえよう。

青龍偃月刀も三尖両刃四竅八環刀も長い柄に刃がついた大刀で、むしろ薙刀《なぎなた》に近い。これに対して両刀を操る豪傑のもつ刀は柄の短いものが多いようだ。たとえば、「行者《ぎょうじゃ》」武松《ぶしょう》の得物は二本の戒刀《かいとう》だが、これはもともと人肉饅頭を売る茶店を営む張青《ちょうせい》・孫二娘《そんじじょう》夫婦が、殺して饅頭にしてしまった旅の僧侶のものであり、二本いっしょに鮫皮《さめがわ》の鞘に入っていたとされる（第三十一回）。ちなみに、戒刀はもともと僧侶が携帯する護身用の刀である。

かの美貌の女将《じょしょう》「一丈青《いちじょうせい》」扈三娘《こさんじょう》も両刀の使い手だった。彼女は独龍岡《どくりゅうこう》戦争のさい、日・月の両刀をふるって戦場を颯爽と駆けめぐり、槍の使い手の王矮虎《おうわいこ》を生け捕りにするが、蛇矛《じゃぼう》をふりかざす林冲《りんちゅう》にはかなわず、生け捕りにされてしまう（第四十八回）。

刀剣は実戦用としてのみならず、「入雲竜《にゅううんりゅう》」公孫勝《こうそんしょう》のように魔術の道具としても用いられる。公孫勝は背に松紋の古銅剣を負い（第十五回）、これをふるって雨や風を呼ぶのである。なお、公孫勝の得物は剣だが、史進の得物のように、両刃の刀もままあるけれども、総じて刀は片刃、剣は両刃のものが多いといえそうだ。

刀剣以外の主要な得物としてあげられるのは、槍（鎗）、矛《ほこ》、棒、杖、鞭、斧などである。槍のうちもっとも殺傷力が強いのは鉤鎌鎗《こうれんそう》であろう。これは、官軍の大将だった「双鞭《そうべん》」呼延灼《こえんしゃく》の率いる「連環騎兵」を撃破しうる唯一の武器であり、しかもその使い手は「金鎗手《きんそうしゅ》」徐寧《じょねい》しかいないという特殊な槍である（「特技」九十三ページ参照）。これは例外として、ごく一般的な槍を使う者は多く、梁山泊のナンバーツー「玉麒《ぎょくき》麟《りん》」盧俊義も点鋼槍《てんこうそう》を得物

殺され饅頭の餡にされた僧侶の戒刀二振りをもらい二竜山に向かう武松

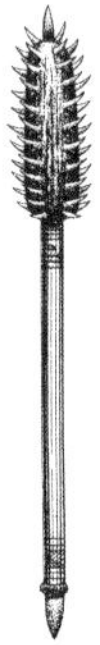

秦明の得物「狼牙棒」。殺傷力を感じさせるユニークな形状をしている

とする。

矛も形は槍と似ており、先述した林冲の得物「蛇矛」は、刃が蛇のように屈曲しているのが特徴だ。刀剣や槍・矛の類は斬りつけたり、突き刺したりする武器だが、棒、杖、鞭は殴り倒す武器である。このうち棒では、「霹靂火《へきれきか》」秦明《しんめい》の得物である「狼牙棒《ろうがぼう》」は、棒の先端のふくらんだ部分に無数の釘を打ちつけた武器であり、抜群の殺傷力がある。ちなみに、蔡京の誕生祝い強奪の黄泥岡《こうでいこう》事件のときから、晁蓋《ちょうがい》の配下となった阮《げん》三兄弟の一人、「短命二郎《たんめいじろう》」阮小五《げんしょうご》は両手が鉄棒のように堅いとされる。まさに人間鉄棒である。

杖といえば、「花和尚《かおしょう》」魯智深《ろちしん》の得物、重さ六十二斤（約三十七キロ）の鉄の錫《しゃく》杖《じょう》に指を屈する。魯智深はこの錫杖をふりまわすだけでなく、護送役人に殺されそうになった林冲の危機を救うべく、軽々と飛ばしてへっぽこ役人を痛めつけたりする（第九回）。言語を絶する強力《ごうりき》というほかない。また、鞭も棒や杖と同様、敵を叩きのめす武器であり、官軍から梁山泊入りした呼延灼はあだ名「双鞭」のとおり、二本の「八稜鋼鞭《はちりょうこうべん》」を得物とする。鞭は棒より細めの金属製の棒で、鎧に身を固めた敵もこれで殴り殺すことができる。

かの「黒旋風《こくせんぷう》」李逵《りき》の得物は二丁の斧だが、李逵はこれをふりまわし、旋風のように駆けめぐって当たるを幸いぶった斬るや、たちまち「殺された者の屍が横たわって野をおおい、血は流れて渠《みぞ》をなす」（第四十回）という、地獄絵図が繰り広げられる。

李逵が二丁の斧を振りかざすと悪人どもの間に血の雨が降った

このほか、豪傑の得物にはむろん弓をはじめとする飛び道具もある。花栄《かえい》は、そのあだ名「小李広《しょうりこう》」が、前漢の武《ぶ》帝のころの弓の名手、「飛《ひ》将軍」李広になぞらえたものであることから見てとれるように、梁山泊軍団きっての弓の名手である。多芸な色男「浪子《ろうし》」燕青《えんせい》は文武両道で、弩《いしゆみ》をつかえば百発百中、この腕前を生かして恩義ある主人、盧俊義の危機を救う。なお、燕青は優男にも似ず相撲がうまく、魔物のような李逵を投げ飛ばす実力の持ち主でもあった。また、異色の飛び道具、石つぶての名手は張清《ちょうせい》である。張清のあだ名「没羽箭《ぼつうせん》」は「羽のない矢」つまり石つぶてを指す。張清は、宋江と晁蓋のどちらがリーダーになるか決めるために、東平府と東昌府を攻撃したさい、後者を守備する官軍の武将として石つぶてを連発して活躍するが、けっきょく生け捕りになって降伏、梁山泊入りする。これまた腕を買われ、官軍から梁山泊側に転身した豪傑にほかならない。

梁山泊百八人の豪傑はそれぞれユニークな得物をもち、今あげたのはめだって華々しい例である。語り物の世界で長らく育まれた『水滸伝』は、豪傑の風貌、いでたち、得物など、可視的なものを重視し、趣向を凝らして描きわけた。彼らの得物はつまるところ、彼らのキャラクターを具現したものだといえよう。

祝祭・盛り場

『水滸伝』はもともと町の盛り場で、講釈師が聴衆を前にして語った連続講釈を母胎とする作品であり、盛り場演芸の痕跡が随所に見られる。群衆がどっと盛り場に繰り出す祝祭の日が、物語世界の重要な転換点として設定されるのも、その一つだといえよう。

水滸伝世界において、もっとも大きな位置を占める祝祭は元宵節《げんしょうせつ》である。元宵節とは旧暦一月十五日、上元《じょうげん》の日を中心としておこなわれる祝祭を指す。元宵節は灯節《ドンジエ》とも呼ばれるように、この時には、町の至る所に大きな灯籠の山が設けられ、家々の軒先にも趣向を凝らした灯籠が掲げられて、ふだんは家の奥にひっこんでいる良家の女性も町に繰り出し、夜中まで老若男女が行きかう雑踏となる。

『水滸伝』では、第七十一回で梁山泊百八人のメンバーが勢ぞろいした後、招安《しょうあん》願望をつのらせるリーダー宋江《そうこう》が、まず手始めに元宵節の灯籠山見物を口実に、首都開封《かいほう》の偵察に出かけるところで、この祝祭にスポットがあてられる（第七十二回）。このとき、宋江のお供をしたのは、柴進《さいしん》、史進《ししん》、穆弘《ぼくこう》、魯智深《ろちしん》、武松《ぶしょう》、朱仝《しゅどう》、劉唐《りゅうとう》、李逵《りき》、燕青《えんせい》、戴宗《たいそう》の十人だった。梁山泊を後にした一行は開封城外の宿屋に到着し、元宵節の前夜、城内に見物に繰り出す。ここで、宋江は徽宗《きそう》の思い者である妓女李師師《りしし》が身を置く妓楼に目をとめ、いなせな色男の燕青を使って彼女に接近しようと図る。徽宗が李師師のもとにお忍びで通ってくるので、彼女を通じて徽宗と直接交渉し招安の許可を得ようと考えたのである。

花柳界に精通した燕青の巧みな段取りで、その夜（元宵節の前夜）、金持ちの山東商人に化けた宋江は李師師と早くも対面を果たし、翌日の元宵節当日の夜には、お供に李逵も加えて李師師の妓楼で盛大な酒宴をもよおす運びとなる。ここまでは、トントン拍子に進んだが、酒宴のさなか、宋江が李師師に本題を切り出そうとした瞬間、徽宗が妓楼にあらわれ、宋江らは追い払われてしまう。

のみならず、四悪人の一人楊戩《ようせん》まで現れて、妓楼の入口で張り番をしていた李達と鉢合わせし、その横柄な態度にカチンときた李逵がいきなり殴り倒したために、ひっくりかえるような大騒動となる。まかりまちがえば、宋江一行は一網打尽になるところだったが、用意周到の軍師呉用《ごよう》が梁山泊から軍勢を派遣し城外に待機させていたために、宋江一行は辛うじて開封から脱出することができたのだった。

こうして、元宵節の賑わいに乗じ、李師師を動かして徽宗と直接交渉しようという宋江のもくろみは、あっけなくはずれた。しかし、このとき李師師が燕青に好意をもったことが功を奏して、その後、宋江の意を受けた燕青が再度、彼女に接近し、首尾よく徽宗と直談判することができた（第八十一回）。とすれば、元宵節の李師師と宋江一行の出会いが招安への第一歩になったのはいうまでもない。非日常的な祝祭の日たる元宵節には、ふだんは無縁な者が一瞬にして結びつくこともある。『水滸伝』のこのくだりの展開は、そんなカーニバル的雰囲気を存分に活用したものだといえよう。

これについで、元宵節にスポットが当てられるのは、梁山泊軍団が招安されて官軍に編入され、最初の戦いの遼《りょう》征伐に出陣して勝利を収めた直後である（第九十回）。苦戦して大功を立てたにもかかわらず、蔡京《さいけい》ら四悪人の差し金で思わしい論功行賞も受けられず、宋江をはじめ、梁山泊の面々が鬱々と落ち込んでいたとき、おりしも元宵節がやってくる。

そこでパッと気晴らしでもしようと、燕青と李逵は連れ立って開封城内の灯籠山見物に出かけた。たまたま桑家瓦《そうかが》の盛り場に通りかかると、寄席で鳴らす銅鑼《ドラ》の音が聞こえてくる。李逵がどうしても入りたいというので、二人で入ると、高座ではちょうど講釈師が「三国志語り」をしており、関羽《かんう》が名医の華佗《かだ》に、毒矢に当たった左臂《ひだりひじ》の治療をさせるくだりを語っているところだった。講釈師が、「（関羽は）客と碁を打ちながら、左臂を伸ばし、華佗に骨を削って毒を除かせました。顔色ひとつ変えず、泰然自若として客と談笑しておりますというところまで語ると、興奮した李逵が聴衆のなかで「いいぞ、いい男！」と大声を張り上げ、目立ちすぎると慌てた燕青は李逵を引っ張って逃げ出したのだった。

ちなみに、これは北宋《ほくそう》当時、盛り場でおこなわれた「三国志語り」のさまを臨

宋代の都市ではさまざまな娯楽が演じられた。
人気の演目にむらがる人々（「清明上河図」より）

場感ゆたかに描いたものであり、祝祭の日、満席となった寄席の雰囲気が彷彿とする描写である（現行の『三国志演義』では第七十五回に相当する）。

さて、寄席を出た燕青と李逵は茶店に入り、居合わせた老人客から江南で方臘《ほうろう》が反乱を起こし、朝廷が討伐軍を差し向けたという耳よりの情報を得た。彼らはさっそく陣営にもどって呉用に報告し、喜んだ呉用はリーダーの宋江にこの情報を伝える。これが発端となり、梁山泊軍団は徽宗の勅旨を得て、方臘征伐に向かうことになるのである。燕青と李逵が浮かれて元宵節に町に繰り出したことから瓢箪にコマ、方臘征伐にまで発展したのだから、これまた祝祭の日たる元宵節が、物語展開の大きな転換点となったといえよう。

北宋以来、盛り場で語られた一回読切り（語り切り）の短篇講釈を母胎とする白話《はくわ》短篇小説にも、長篇の『水滸伝』と同様、元宵節や清明節《せいめいせつ》を舞台とするものが多い。この特別な祝祭の日に、妖怪や幽霊など異界的存在がこの世にあらわれ、人間と不思議な出会いを果たすというものである。さらにまた、『水滸伝』にヒントを得て著された『金瓶梅《きんぺいばい》』、『金瓶梅』からヒントを得ながら、これを徹底的に浄化、精錬した『紅楼夢《こうろうむ》』の物語世界においても、扱われ方に差異はあるものの、祝祭の日は物語展開の重要な要素となっている。

水滸伝世界に見られる祝祭との深い関わりは、短篇、長篇を問わず、中国古典白話小説の構造や展開のキーポイントを、まずもって具体的に示したものにほかならないのである。

徽宗と四悪人

水滸伝世界において、諸悪の根源と見なされるのは、北宋《ほくそう》第八代皇帝の徽宗《きそう》（一一〇〇―一一二五在位）に取り入り、ほしいままに中央政治を動かした蔡京《さいけい》、高俅《こうきゅう》、童貫《どうかん》、楊戩《ようせん》のいわゆる四悪人である。このうち、蔡京は娘婿の梁《りょう》中書から贈られる豪華な誕生祝いを晁蓋《ちょうがい》らに奪い取られるなど、早くから名前が見え、終幕まで狡猾に立ち回る。高俅は水滸伝世界ではもっとも邪悪な存在であり、林冲《りんちゅう》を追いつめたのを手始めに、最後まで梁山泊《りょうざんぱく》軍団に敵意をもち、ついに宋江《そうこう》と盧俊《ろしゅん》義《ぎ》を毒殺するに至る。童貫と楊戩は宦官であり、童貫は『水滸伝』後半の第六十三回にはじめて登場するが、宦官とはいえ軍事的野心にあふれたこの男は、梁山泊攻撃の総大将をつとめて敗北を喫したこともあり、招安《しょうあん》後も、梁山泊軍団の足を引っ張りつづける。楊戩は、首都開封《かいほう》の妓楼で李逵《りき》に殴り飛ばされる場面（第七十二回）が印象に残るくらいで、四人のうちもっとも出番が少なく影もうすいが、高俅と共謀して宋江と盧俊義の毒殺をはかったとされる。この四悪人は史実でも結託して徽宗を操り、北宋滅亡の元凶となった者たちだった。

蔡京（一〇四七―一一二六）は科挙に合格したエリート官僚だが、新法党と旧法党の派閥抗争が繰り返された官界で新法党に属し、徽宗が即位した当初、杭州に左遷され地方官暮らしをしていた。そのころ徽宗に命ぜられ、腹心の宦官童貫が書画骨董の逸品を求めて、杭州を訪れ蔡京とめぐりあう。蔡京は大した趣味人であり、書の名手であるうえ、書画骨董の名鑑定家だった。このため童貫は彼を頼りにし、彼らはたちまち親密な間柄となった。開封に戻った童貫は徽宗に進言して蔡京を中央に呼び返し、政治的センスは皆無だが、芸術的センスにすぐれた徽宗は趣味人で口のうまい蔡京を気に入り、やがて大臣に抜擢した。

以来、蔡京と童貫は持ちつ持たれつ、蔡京が行政トップの座につき、童貫は宦官の身で軍事権を掌握して、賄賂を取りまくるなど専横をふるったため、北宋王朝はみるみるうちに退廃し、社会不安が激化する一方となる。北宋末の民衆世界の語り物から生まれた『水滸伝』は、そんな彼らに対する民衆の憎悪を踏まえ、「天に替わって道を行う」を合言葉として、彼らに鉄槌を下す豪傑集団たる梁山泊軍団の軌跡を描きあげる。その意味で、『水滸伝』はこんな人々がいてくれればという、民衆世界の願望充足の物語だといえよう。

それはさておき、水滸伝世界における極めつきの悪役、高俅は『水滸伝』では、もともと道楽好きのならず者だったが、即位前の徽宗に蹴鞠《けまり》の腕を買われ、その側近になったとされる（『水滸伝』第二回）。事実も似たり寄ったりであり、このならず者は、徽宗が即位するとめきめき出世し、あろうことか、禁軍（宮中護衛軍）の殿帥《でんすい》（総指揮官）にのしあがる。つまるところ徽宗時代の北宋軍は、宦官の童貫が国家守備軍を率いて外征を指揮し、ならず者上がりの高俅が内部の禁軍を指揮するという仕組みになっていたのである。こうして宦官とならず者が二十年にわたって軍事を左右したことによって、北宋軍は自壊状態に陥ったのだった。水滸伝世界において、とりわけ鼻つまみのならず者の高俅に憎しみが集中しているのも、むべなるかな、である。

それにしても、こんな劣悪な者たちを重用した徽宗とは、いったいどのような人物だったのだろうか。徽宗は第七代皇帝の英明な哲宗《てっそう》（一〇八五―一一〇〇在位）の弟だが、哲宗が若死にしたために、思いがけず皇帝の座についた。享楽的で政治的には無能力者だったが、卓抜した芸術的才能の持ち主であり、ことに書家・画家としては超一流であった。徽宗の書は細く鋭くとがった「瘦金体《そうきんたい》」と呼ばれる独特の書体によるものであり、画は細密なタッチで描かれる花鳥画を得意とし、いずれも後世、評価が高い。

書画だけなら国家財政に影響を与えることもないが、徽宗には莫大な経費がかかる庭園趣味もあった。庭園マニアの徽宗は黄河流域の首都開封に、江南の風景をそっくり移し替えようとはかり、「花石綱《かせきこう》」と呼ばれる運搬事業をおこして、江南の名木、名花から、太湖石をはじめ珍奇な岩や石などを運ばせた。かくして、完成したのが広大な名園「艮岳《こんがく》」である。この造園事業には莫大な費用と労力が投入されたため、国家財政は蝕まれ、使役された民衆の間では怨嗟の声が高まる一方だった。付言すれば、かの「青面獣《せいめんじゅう》」楊志《ようし》も花石綱の責任者となって失敗したのがきっかけで、裏社会に足を踏み入れることになった。

徽宗自身は邪悪な人物ではないが、自分の快楽にしか興味がないため、おもねることを旨とする出世主義者の四悪人の言いなりになって、彼らに政務をゆだね、滅亡の坂を転がり落ちる羽目になったのだから、その責任は重大だといわざるをえない。北宋王朝への忠義を標榜する梁山泊のリーダー宋江の招安の論理は、悪いのは四悪人であり、徽宗は無謬《むびゅう》（過ちがない）だという前提のもとに組み立てられている。これは水滸伝世界の権力観や世界観をあらわすものでもある。しかし、史実はけっしてそうではなく、これまたそうであればという願望だといえよう。

もっとも、『水滸伝』にも徽宗の無責任さを示す描写がないわけではない。宋江と盧俊義が毒殺されたことを知った時、激怒した徽宗は大勢の官僚の前で、首謀者の高俅と楊戩を「国家を滅ぼす奸臣め、私の天下を破壊しおって」と罵倒するが、蔡京と童貫に言葉巧みになだめられると腰砕けになり、高俅と楊戩を処罰もせず、うやむやにしてしまう（第一百回）。これは、『水滸伝』の作者もその実、徽宗のどうしようもない軟弱さや無能を、十二分に見抜いていたことをうかがわ

ならず者の高俅が徽宗の側近にまでのし上がるきっかけとなった端王（哲宗の弟）への毬のひと蹴り（『水滸伝』より）

せる場面である。

梁山泊軍団が壊滅した後、そう時をおかず、北宋王朝は滅亡し、徽宗も四悪人も悲劇的な末路をたどった。

徽宗と妓女

徽宗《きそう》の思い者の妓女、李師師《りしし》が『水滸伝』世界に初登場するのは第七十二回、李逵《りき》・燕青《えんせい》ら十人の配下をお供に連れた宋江《そうこう》が、元宵節《げんしょうせつ》の灯籠山見物を名目に首都開封《かいほう》の偵察に出かけた時である。この時、宋江はまず花柳の巷《ちまた》に精通した燕青を李師師の妓楼に差し向け、彼女との接近をはかった。李師師を通じてお忍びで通ってくる徽宗と談判し、招安《しょうあん》の許可を得ようとしたのである。燕青の巧みな段取りで、宋江は首尾よく李師師と対面を果たしたものの、話を切り出す前に、突然、徽宗が現れるやら、李逵《りき》が徽宗のお供をしてきた楊戩《ようせん》を殴り倒すやらで大騒動になり、宋江らは命からがら開封から脱出する羽目になる。

こうして李師師を通じて徽宗と直接交渉しようという宋江の計画は失敗した。しかし、このとき李師師が燕青に好意をもったことが発端となり、のちに宋江の意を受けた燕青がふたたび彼女に接近して、今度はうまく徽宗と直談判し、梁山泊軍団招安の承諾をとりつけることができたのだった（第八十一回）。

水滸伝世界では、このように妓女李師師が梁山泊軍団の招安に大きな役割を果たす。これはむろん『水滸伝』の作者のフィクションだが、徽宗に愛された李師師は確かに実在した妓女である。道楽者の徽宗は宮中で歓楽にふけるだけでは飽き足らず、やがて宦官をお供に連れお忍びで花柳の巷に通うようになった。そのうち、馴染みになったのが、李師師だったというわけだ。

徽宗と李師師の関係については、『水滸伝』の先駆ともいうべき南宋《なんそう》の小説『宣和遺事《せんないじ》』や張端義《ちょうたんぎ》の筆記（随筆）『貴耳集《きじ》』などに、委曲を尽くして描かれており、『水滸伝』の作者はこれらからヒントを得たに相違ない。ちなみに、幸田露伴の「幽情記」に収められた「師師」は、諸書に散見する李師師伝説を網羅した作品である。

それはさておき、水滸伝世界において、李師師の協力もあって招安にされた梁山泊軍団は官軍に編入され、遼《りょう》征伐に向かい勝利をあげた後、方臘《ほうろう》征伐に向かう。

『水滸伝』では方臘は大魔王ともいうべき存在であるが、史実でも、方臘は「喫《きっ》菜事魔《さいじま》（魔神に仕える菜食主義者）」と呼ばれる江南の秘密結社の一員であり、この秘密結社のメンバーを率いて武装蜂起した。社会不安のおりから、この方臘の蜂起に呼応する者が続々とあらわれ、たちまち江南を席巻する大反乱となった。

宣和《せんわ》二年（一一二〇）から三年にかけて、北宋《ほくそう》王朝はなんとか方臘の乱を鎮圧に成功するが、方臘の乱で荒廃した江南は、これにつづいて退廃した北宋軍の略奪や暴行にさらされ、回復不能のダメージを受けるに至る。けっきょくこの事件が、北宋の衰亡に拍車をかけることになるのである。付言すれば、宋江をリーダーとする梁山泊軍団にあたる軍勢が、方臘征伐で功績をあげたという記述は、残念ながら史書にはいっさい見当たらない。

さて、北宋がみるみる自壊しはじめたころ、中国東北部（満州）を根拠地とするツングース系の女真《じょしん》族が力を強めて金《きん》王朝を立て、宣和七年（一一二五）、第二代皇帝太宗は遼を滅ぼし、翌靖康《せいこう》元年（一一二六）、大軍を率いて首都開封付近まで攻め込んだ。甘い生活に慣れた徽宗はふるえあがり、慌てて息子の欽宗《きんそう》に譲位し、一目散に南へ逃げて鎮江《ちんこう》（江蘇省）にたどりつく。四悪人の蔡京《さいけい》、童貫《どうかん》、高俅《こうきゅう》、楊戩も相い前後してこの逃避行に従った。

欽宗を戴く新首脳部は開封にとどまり、莫大な賠償金の支払いなどを条件に金と和議を結ぶ一方、諸悪の根源である四悪人を厳罰に処した。この結果、流刑に処せられた蔡京は、高齢（八十歳）のためまもなく病死したが、童貫は流刑地に到着したとたん斬殺された。高俅と楊戩は史書に記載は見えないが、童貫と同様、悲惨な最期を遂げたとおぼしい。梁山泊のリーダー宋江が水滸伝世界で毒殺されるのは、むろんこれより数年前のことだが、四悪人がそろって哀れな最期を遂げたことは、せめてもの慰めだといえよう。

さて、徽宗の運命やいかに。和議の成立後、金軍はいったん撤退したが、翌靖康二年、ふたたび開封に攻め寄せ、今度は委細かまわず陥落させた。かくして金軍は欽宗および鎮江から連れ戻されていた徽宗をはじめ、皇族や高級官僚など数千人を捕虜として、東北の根拠地へ引きあげた。この靖康の変によって、北宋王朝は滅亡する。この後、欽宗の弟高宗《こうそう》を戴き、その支配領域を江南に限った亡命

好意をもつ燕青（拝礼している人物）から徽宗への面会を依頼された李師師は巧みに徽宗をその気にさせる（『水滸伝』より）

王朝南宋が成立するのである。

ちなみに、金王朝の監視下で捕虜生活を送る徽宗は、事態の深刻さもどこ吹く風、単調な生活に飽きたから、趙元奴《ちょうげんど》をよこしてほしいと金の当局者に要求したという。趙元奴は、容貌の衰えが見えはじめた李師師に変わって、徽宗が贔屓にした妓女である。この要求は実現には至らなかったようだが、それにしても恐るべき能天気ぶりだというほかない。

一方、李師師は第一回目に金軍が侵入したさい、徽宗から賜った金銀財宝などの資産をすべて欽宗の新政府に没収されたという。その後の彼女の運命については、諸説紛々。彼女の名声を知った金の大将に召し出されたが、従うことをよしとせず、金の簪《かんざし》を呑み込んで自死したという説や、落魄して南宋にたどりつき、資産家の側室になったという説などがある。梁山泊軍団招安のために、ひと肌ぬいだ侠気の妓女李師師の行く末としては、何とか身の落ち着き場所を得たとする後者の説に救いがあり、そうであればと願いたくなる。

こうして放蕩天子徽宗の実像を探り、その軌跡をたどる時、宋江がメンバーの猛反対を押し切ってまで、北宋王朝や徽宗への忠義を貫き、招安路線を強硬に推し進めた意味はいったいどこにあったのか、とあらためて疑問が生じ、嘆息せざるをえないのである。

第二章

「梁山泊」をめぐって

梁山泊のリーダー

水滸伝世界の豪傑百八人が何千人もの配下や家族を率いて依拠した大根拠地、梁山泊《りょうざんぱく》は山東地方の広く深い湖のまんなかにある大きな島に位置していた。舟がなければ渡れないこの島は、早くから無法者の巣窟であり、最初の主は王倫《おうりん》という書生崩れの小物だった。

手下を引き連れ、細々と山賊稼業にいそしむ王倫のもとへ、百八人の豪傑のなかではじめて雄姿を現したのは、「豹子頭《ひょうしとう》」林冲《りんちゅう》である。朝廷を牛耳る四悪人の一人、高俅《こうきゅう》の養子が彼の美人妻に横恋慕したことから、林冲の運命は激変し、流刑にされたあげく高俅一派の小役人に焼き殺されそうになり、これを殺害、凶状持ちとなって逃亡する羽目となる。

そんな彼をかくまい、知り合いである梁山泊の王倫のもとへ送り込んだのは、任侠世界にその人ありと知られる「小旋風《しょうせんぷう》」柴進《さいしん》だった。林冲は、人肉饅頭を売る湖のほとりの茶店の主人で、実は王倫の子分である朱貴《しゅき》の手引きで島に渡り、王倫と対面する。しかし、小心者の王倫はいかにも腕の立ちそうな林冲に恐れをなし、通りすがりの者を一人殺せば仲間入りを認めると、理不尽な要求をつきつける。やむなく待ち伏せしていたところに通りかかったのが「青面獣《せいめんじゅう》」楊志《ようし》。林冲と楊志は丁丁発止と渡り合い、勝負がつかない。王倫も彼らの腕前を認めざるをえず、しぶしぶ仲間入りを認める(『水滸伝』第十二回)。

かくして林冲は梁山泊に入ることになるが、楊志は仲間入りを断り、去って行く。こうして林冲が一足先に梁山泊に入ったことが、やがて真のリーダー「托塔《たくとう》天王《てんおう》」晁蓋《ちょうがい》を、梁山泊へ迎え入れる大きな布石となる。

梁山泊をあとにした楊志は転変を経て、北京《ほくけい》所司代(北京は現在の河北省大名《だいめい》県)の梁中書《りょうちゅうしょ》の武官となり、梁中書が舅の蔡京《さいけい》(四悪人の一人)に贈る豪勢な誕生祝いを、首都開封《かいほう》までとどける運搬部隊の責任者に抜擢される。鄆城《うんじょう》県東渓《とうけい》村(山東省)の庄屋で、任侠世界の大物晁蓋はこの話を耳にするや、悪辣な蔡京に地団駄ふませるべく、村塾教師で知恵者の「智多星《ちたせい》」呉用《ごよう》、魔術師道士の「入雲竜《にゅううんりゅう》」公孫勝《こうそんしょう》など、腕に覚えのある者を集め、総勢八人の盗賊団を結成、誕生祝い奪取計画を練った。この結果、黄泥岡《こうでいこう》で楊志率いる十五人の運搬部隊にしびれ薬入りの酒を飲ませ、まんまと誕生祝い奪取に成功する（第十六回）。

しかし、仲間の一人「白日鼠《はくじつそ》」白勝《はくしょう》が逮捕されて足がつき、あやうく一網打尽になりかけるが、かねて親しい間柄の鄆城県の役人で、これまた任侠世界の有名人である「及時雨《きゅうじう》」宋江《そうこう》が、この情報を知らせてくれたおかげで危機を脱し、晁蓋ら七人の盗賊団（白勝は獄中）は、犯罪者受け入れで定評のある梁山泊に逃げ込むことができた。ところが、親分の王倫は例によって逃げ口上を並べ、彼らを受け入れまいとし、頭にきた林冲は王倫を刺殺、七人を迎え入れ、晁蓋を梁山泊の主とした（第二十回）。

こうして晁蓋グループ七人と林冲、見張り役の朱貴をはじめとする三人のもと王倫配下、つごう十一人を中心とし、兵士数百人を擁する原梁山泊軍団ができあがった。林冲が先に梁山泊入りしていたことが功を奏し、梁山泊はこの時点で晁蓋を筆頭とする尖鋭な反逆者集団の根拠地として、生まれ変わったのである。ちなみに、晁蓋は無位無官、「常日頃から義理を重んじ金ばなれがよく、もっぱら天下の豪傑と交わりを結ぶことを好む」という、徹底した反権力型の人物だった。そんな彼がリーダーになってから続々と豪傑が集まるようになり、宋江救出のための江《こう》州攻撃、独龍岡《どくりゅうこう》戦争、高唐《こうとう》州攻撃など、幾多の激戦を経て、梁山泊は反権力勢力の一大根拠地へと発展してゆく。しかし、その途上、晁蓋は曾頭市《そうとうし》との戦いにみずから出撃したさい、毒矢に当たって無念の死を遂げる（第六十回）。

若干の曲折をへたものの、晁蓋の死後、リーダーの座についたのはナンバーツーの宋江だった。実は、閻婆惜《えんばしゃく》殺しの一件で犯罪者となった宋江には、はなはだ煮え切らないところがあり、あれこれ回り道を繰り返して、梁山泊に腰を落ち着けるまで長い時間がかかった。宋江は「及時雨」というあだ名が示すとおり、身銭を切って人の窮地を救うなど義侠心にあふれていた。しかし、先述のとおり、もともと権力機構の末端につながる地方役人であり、型にはまった体制的思考方式から離れることができなかった。その意味で、無手勝流反逆型の晁蓋とは対照的なタイプだったのである。

　そんな宋江はリーダーになるや、まず梁山泊の中心的な建物の名称を「聚義《しゅうぎ》庁《ちょう》」から「忠義堂」に改めた。晁蓋が重んじた「聚義」とは、「法の下の正義」とは異質な、梁山泊のメンバーの「多様な正義」を聚《あつ》めることを意味する。かたや宋江が標榜する「忠義」とは、国家権力つまりは北宋《ほくそう》王朝に対する忠節を意味する言葉にほかならない。こうして核となる建物の名称を変更することにより、宋江は「天に替わって道を行う」つわものたちの反権力共同体たる梁山泊軍団を、国家護持の軍隊に路線転換させる舵を切ったのである。

　武力行使から色男燕青《えんせい》を使った搦め手作戦まで、あの手この手の工作が功を奏し、宋江の思惑どおり、梁山泊軍団は招安《しょうあん》され朝廷軍に編入された。この結果、根拠地の梁山泊は解体され、梁山泊軍団は官軍として遼《りょう》征伐、方臘《ほうろう》征伐に出撃、激戦の果てに壊滅し、用ずみになった宋江は四悪人の差し金で毒殺される。忠義なリーダー宋江の悲劇的末路である。

　臆病な小心者の王倫を親玉とする山賊のささやかな拠点だった梁山泊は、きっ

〝梁山泊〞正面奥の「忠義堂」の中には宋江を中心に呉用（手前）、盧俊義の像がある　（撮影・浦充伸）

ぷのいい反逆的リーダー晁蓋の時代に、豪傑たちの大共同体として颯爽たる発展を遂げ、この発展をふまえて、忠義路線を推進した後継リーダー宋江によって滅び去り、幕切れとなった。開幕からクライマックスを挟んで終幕まで、梁山泊とそのリーダーたちのたどった軌跡は、『水滸伝』の曲折に富む物語展開を暗示するものだといえよう。

梁山泊の軍師—呉用

梁山泊《りょうざんぱく》軍団の軍師といえば、「智多星《ちたせい》」呉用《ごよう》である。呉用は、もともと「托塔天王《たくとうてんおう》」晁蓋《ちょうがい》の住む東渓村の塾教師だった。呉用は別名を「加亮《かりょう》先生」といい、「謀略は敢えて諸葛亮《しょかつりょう》を欺《しの》ぐ」と歌われるように、明らかに『三国志演義』の英雄劉備《りゅうび》の軍師、諸葛亮を意識して形づくられたキャラクターであり、名軍師諸葛亮の任俠版にほかならない。

呉用が水滸伝世界に初登場するのは第十四回、「赤髪鬼《せきはつき》」劉唐《りゅうとう》が晁蓋のもとに、もうけ話をもちこんだくだりである。このころ、蔡京《さいけい》の娘婿にあたる北京《ほくけい》（河北省大名県《だいめいけん》）の所司代梁中書《りょうちゅうしょ》が、開封《かいほう》にいる舅の蔡京に金銀珠宝十万貫の誕生祝いを届けるべく、運搬部隊を組織し、「青面獣《せいめんじゅう》」楊志《ようし》（殺人罪を犯して北京に流刑となったが、梁中書に腕を見込まれ高位の武官になった）を隊長に任命した。この誕生祝いを途中で奪取しようという話である。

劉唐の話を聞いて乗り気になった晁蓋は知恵袋として呉用を仲間に加え、呉用は漁師兄弟の「立地太歳《りっちたいさい》」阮小二《げんしょうじ》、「短命二郎《たんめいじろう》」阮小五《げんしょうご》、「活閻羅《かつえんら》」阮小七《げんしょうしち》に誘いをかけて仲間に入れた。そこに、魔術師の道士「入雲竜《にゅううんりゅう》」公孫勝《こうそんしょう》も同じく誕生祝い強奪計画をもちこんできたため、たちまち晁蓋をリーダーとする七人の盗賊団が結成される。その後、運搬部隊の通過コースの近くに住む遊び人、「白日鼠《はくじつそ》」白勝《はくしょう》も仲間入りし、盗賊団は八人構成となる。かくて彼らは呉用の計画どおり、酒売りと棗《なつめ》売りに化けて運搬部隊を黄泥岡《こうでいこう》で待ち伏せし、楊志を含め全員にしびれ薬入りの酒を飲ませて気絶させ、その隙に蔡京の誕生祝いをそっくり奪い取ることに成功した。呉用のお手柄である。ちなみに、隊員と折り合いのわるかった楊志は蘇生するや逃亡し、曲折を経て「花和尚《かおしょう》」魯智深《ろちしん》とともに二龍山《にりゅうかん》を拠点とするに至る。

こうして強奪には成功したものの、白勝が逮捕されたことから足がつき、晁蓋らもあやうく一網打尽となるところを、県役人だった宋江《そうこう》の知らせを受けるなどして辛くも脱出、七人そろって梁山泊に逃げ込んだ。一足先に梁山泊入りしていた「豹子頭《ひょうしとう》」林冲が、小心者のリーダー王倫《おうりん》に愛想を尽かして殺害、ここに晁蓋を新たなリーダーとし、軍師呉用が第二位を占める、総勢十一人の原梁山泊軍団が形成されたのだった（第十九回）。

梁山泊の軍師になった呉用は、率先して戦場に出るよりは、前漢の高祖劉 邦《りゅうほう》の軍師張 良《ちょうりょう》や、劉備の軍師諸葛亮と同様、「籌策《ちゅうさく》を帷帳《いちょう》の中《うち》に運《めぐ》らし」、適切な判断を以て梁山泊軍団を強化していった。そんな知恵の塊の呉用にも千慮の一失はあった。江《こう》州に流刑された宋江が謀反のかどで死罪に処せられそうになったとき、呉用は「神行太保《しんこうたいほ》」戴宗《たいそう》の知らせでこれを知るや、息子の江州知事の蔡九《さいきゅう》にあてて、宋江を都に護送せよと命じる蔡京のニセ手紙を作成することを思いつく。これで時間稼ぎし、護送の途中、宋江を奪還しようというわけだ。さっそく偽物作りの名人を集めて、蔡京の筆跡や印章を完璧に真似た手紙ができあがったが、ここに一つ大きなミスがあった。印章には蔡京の本名が彫られており、これは親が子に向かって使うはずがないものだったのである。戴宗がニセ手紙をもって、江州に向かった後、すぐこのミスに気づいた呉用は、ただちに晁蓋に軍団を率い、内々で江州に向かうよう策を授け、処刑寸前の宋江と戴宗を救出することに成功する（第四十回）。こうして臨機応変、たちまち次善の策を案出する回転の速さこそ、呉用の強みである。

江州事件の後、宋江が正式に梁山泊入りすると、呉用は晁蓋、宋江につぐ第三位となった。しかし、呉用がもっとも好むのは、自らの知恵を縦横にふるうことであり、地位や権力には淡泊だったため、席次などにはまったくこだわる風はなかった。このためもあって、その後、晁蓋が死去し、リーダーが宋江に交代しても、呉用はまったく変わりなく、梁山泊軍団の軍師として、あらん限りの知恵を出しつづけるのである。

呉用は知恵で勝負する軍師だから、他の豪傑のように華々しい見せ場はないといってもいいが、晁蓋の死後、最高幹部を補充すべく、北京《ほっけい》の質屋で豪傑の誉れ高い「玉麒麟《ぎょくきりん》」盧《ろ》俊義《しゅんぎ》のスカウトに向かうくだりは、虚々実々、時には奸計も辞さない軍師呉用の凄腕が活写されている。易者に扮した呉用は稚児姿の李逵《りき》をひきつれ、北京に到着すると、言葉巧みに盧俊義を梁山泊に導いた。しかし、事は簡単に運ばず、すったもんだのすえ、梁山泊軍団が北京に攻め込む大騒動になるが、最終的に盧俊義は梁山泊入りを果たすに至る。

宋江の招安《しょうあん》路線に対して、呉用は賛成も反対もしなかったが、安易に屈服すれば、朝廷に軽く見られると考え、策謀を尽くして朝廷軍を翻弄した。この軍事的勝利が基底にあったからこそ、宋江は裏口作戦を駆使し、有利な条件で招安を果たせたといえよう。みごとな裏方ぶりである。招安された後の遼《りょう》征伐、方臘《ほうろう》征伐には、呉用も宋江に従って従軍した。

遼征伐の最中、遼から帰順の誘いがあったとき、呉用は、宋《そう》王朝は悪人が支配し、手柄を立てても評価されないから、遼の誘いに乗ったらどうかと、宋江に勧めた。しかし、宋江は「宋王朝が私を裏切っても、私は宋王朝を裏切らない」と忠臣ぶりを発揮し、拒否した（第八十五回）。切り替えの早い呉用は二度とその話にふれなかったが、これは、呉用が宋江とは異なり、大局を見渡し冷静な判断を下す人物だったことを、如実に示している。

大勢のメンバーが命を落とした方臘征伐の渦中をくぐりぬけて、呉用は生き残り、武勝軍承宣使に任命されたが、鬱々と楽しまない日がつづいた。そんなある日、四悪人に毒殺された宋江が夢枕に立ったので、夢でみた場所に行くと、そこには宋江と李逵の墓があった。そこにやはり夢をみた弓の名手「小李広《しょうりこう》」花栄《かえい》もあらわれ、悲嘆にくれた二人は宋江の墓前で縊死するに至る。梁山泊によく似た風景の蓼児洼《りょうじわ》に、四つの墓が並ぶひえびえとした情景をもって、『水滸伝』は幕を閉じる。梁山泊軍団の軍師呉用は、リーダー宋江の死とともに、すべては終わったとはっきり悟り、静かに退場したのである。

天才的技能を持つ部下にニセ手紙を作らせた呉用。
だが印章に間違いがあった……
（横山光輝著『水滸伝』より）

山の砦

『水滸伝』の背景となった北宋末《ほくそう》は、徽宗《きそう》が政治的無能力者であるのをいいことに、四悪人と称される蔡京《さいけい》、楊戩《ようせん》、高俅《こうきゅう》、童貫《どうかん》が権勢をふるったため、政局は混乱し、社会不安が深まった。こうした状況のもと、山の砦に集まり略奪をはたらく無頼漢グループが続出し、官軍と衝突することもめずらしくはなかった。

この騒然とした時代状況を踏まえて形づくられた『水滸伝』の物語世界にも、社会から逸脱した犯罪者や無頼漢が集う種々の山の砦が描かれている。小人物の王倫《おうりん》が支配していたころの梁山泊《りょうざんぱく》も、そんなどこにでもある山の砦の一つにすぎなかった。梁山泊がめきめきと頭角をあらわし、力を増したのは、晁蓋《ちょうがい》がリーダーとなり、「強きを挫き、弱きを救う」俠の精神を掲げて、快進撃を開始してからのことである。やがて梁山泊は他の山の砦を次々に吸収し、大コンミューンへと変貌してゆく。

最初に組織ごと梁山泊入りした山の砦は「清風山《せいふうざん》」である。清風山はもともと「錦毛虎《きんもうこ》」燕順《えんじゅん》、「矮脚虎《わいきゃくこ》」王英《おうえい》（王矮虎と呼ばれる）、「白面郎君《はくめんろうくん》」鄭天寿《ていてんじゅ》ら山賊の拠点だった。彼らはたまたま閻婆惜《えんばしゃく》殺害事件で逃亡中の宋江《そうこう》と知り合うが、宋江と地方官軍の司令官だった友人の「小李広《しょうりこう》」花栄《かえい》は、好色漢の王矮虎が起こした事件の累をこうむって逮捕され、青《せい》州（山東省）の役所に護送される羽目になる。

王倫支配下の梁山泊入りをきらった魯智深と楊志は、二龍山をのっとり砦の主となる（横山光輝著『水滸伝』より）

責任を感じた清風山の面々は二人を救出して青州軍と対決、やがて青州軍の精鋭の「霹靂火《へきれきか》」秦明《しんめい》らも転身して、彼らの仲間になったため、みごと青州軍を撃退することに成功する。しかし、まもなく官軍が大挙して清風山に攻めよせるとの情報が入り、このままではとても支えきれないと、宋江の提案で山賊軍団はそっくり梁山泊に移動し、仲間入りを果たしたのだった（『水滸伝』第三十二回）。

これからかなり時間が経過した後、青州三山すなわち青州の強力な三つの山の砦、「二龍山《にりゅうざん》」「白虎山《はくこざん》」「桃花山《とうかざん》」の山賊軍団もうちそろって梁山泊入りを果たすことになる。

このうち、「二龍山」はもともと鄧竜《とうりゅう》という還俗した悪徳僧侶が支配していた。ここに目をつけたのが、「豹子頭《ひょうしとう》」林冲《りんちゅう》を助けたかどで逮捕されそうになり、逃亡中の「花和尚《かおしょう》」魯智深《ろちしん》と、蔡京《さいけい》に贈る誕生祝いを晁蓋《ちょうがい》らに奪われ、これまた逃亡中の「青面獣《せいめんじゅう》」楊志《ようし》だった。彼らは楊志の知人、「操刀鬼《そうとうき》」曹正《そうせい》と協力して、鄧竜の恐れる魯智深を縛りあげて連行するなど、一芝居うち、鄧竜がゆだんした隙に魯智深が錫杖で叩き殺してしまう。

こうして魯智深と楊志は首尾よく二龍山乗っ取りに成功し、鄧竜配下の山賊軍団を手中におさめ、身を落ち着ける拠点を確保したのだった（第十七回）。ちなみに、兄嫁潘金蓮《はんきんれん》らの殺害を機に、ついに流刑地で地方長官の一族郎党を大量殺害し、逃亡する羽目になった「行者《ぎょうじゃ》」武松《ぶしょう》もやがてこの二龍山に仲間入りすることになる（第三十二回）。

　やはり青州三山の一つ「白虎山」は、この山の麓に住む庄屋の孔太公の息子「毛頭星《もうとうせい》」孔明《こうめい》と「独火星《どくかせい》」孔亮《こうりょう》がたてこもる砦だった。ちなみに、宋江は逃亡中、孔太公の屋敷にしばらく身を寄せ、孔兄弟の槍術指南をしたこともあり、また宋江の義兄弟である武松も二龍山入りする先に、彼らと悶着をおこしたことがあった（第三十二回）。とかく問題をおこしがちな孔兄弟は父の死後、土地の資産家と衝突して、その一族郎党を皆殺しにし、五、六百の子分を引き連れて白虎山に拠り、山賊になっていた（第五十七回）。

土地の名士の息子孔明と孔亮兄弟が大事件を引きおこし、逃れてたてこもった砦（同『水滸伝』より）

　残る青州三山の一つ「桃花山」は、「打虎将《だこしょう》」李忠《りちゅう》が支配していた。李忠はもともと槍術や棒術を見せて客寄せをする薬売りだった。彼は「九紋竜《くもんりゅう》」史進《ししん》の知人で、魯智深が肉屋の鄭《てい》をぶち殺した事件の直前、魯智深、史進と酒を酌み交わすなど、水滸伝世界には早くから登場する。小心者の李忠は魯智深の事件の関わりになるまいと逃亡したとき、桃花山を通りかかり、山の頭目の「小覇王《しょうはおう》」周通《しゅうつう》と戦って勝利し、かわって頭目の座についたのだった。けちくさい人物だが、武芸の腕はすぐれていたのだ。

この李忠の子分が、梁山泊攻撃に失敗した官軍の大将「双鞭《そうべん》」呼延灼《こえんしゃく》が徽宗から賜った名馬を盗んだことから、事態は大きく転換する。青州長官の勧めもあって、呼延灼は「桃花山」を手始めに青州三山に猛攻をかける決意を固める。慌てた李忠はかねて因縁のある魯智深が依拠する二龍山に救いを求めた。曲折はあったものの、これを機に、青州三山（二龍山、白虎山、桃花山）の山賊軍団、および救援依頼を受けて駆けつけた梁山泊軍団が連合して、呼延灼の率いる青州軍と激しく戦った。まもなく呉用の計略に引っかかって生け捕りになった呼延灼が、転身して梁山泊入りしたことも、大いに功を奏して、連合軍は青州城内に突入、大勝利をおさめた（第五十八回）。

この結果、青州三山のメンバーはこぞって梁山泊入りすることになった。このとき、長らく自立していた魯智深らも、二龍山を離れて梁山泊に入り、青州各地に分立していた反逆集団はすべて梁山泊に統合されたのである。なお、この後、さらに魯智深は故郷の少華山《しょうかざん》に依拠していた史進に、梁山泊入りを勧めようと旅立つ。ここで事件に巻き込まれ、史進ともども投獄されるが、駆けつけた梁山泊軍団に救出され、史進ら少華山のメンバーもめでたく梁山泊入りを果たすに至る。

呼延灼が皇帝から賜わった馬を盗んだ山賊の拠点。呼延灼はこの砦から三山攻略を開始する（同『水滸伝』より）

こうして分散していた山の

砦を統合吸収することによって、いっきょに人材も軍勢も強化した梁山泊は、官軍もうかつに手を出せない、反権力集団の大拠点にのしあがるのである。歴史的に見れば、北宋末に分立していた山の砦がこのような形で統合された事実はない。『水滸伝』の描く、梁山泊が上昇気流に乗り、みるみる大拠点と化してゆく過程は、かくあれかしと願う人々の思いを、物語世界において充足させたものなのかもしれない。

物騒な居酒屋

梁山泊《りょうざんぱく》の豪傑は酒豪ぞろいであり、水滸伝世界にはさまざまな居酒屋が登場するが、なかには何とも物騒な居酒屋もある。その第一は、王倫《おうりん》が支配していた当初から、梁山泊の見張り役だった「旱地忽律《かんちこつりつ》」朱貴《しゅき》の営む居酒屋である。ちなみに、梁山泊は湖中の島に本拠を構えており、朱貴の店はその湖のほとりにあった。この店は、通過する旅人が財宝をもった集団であれば、ただちに梁山泊に通報して襲撃させる。また一人旅の場合は、財宝を持たない者には危害を加えないが、持っている者はしびれ薬を飲ませて身ぐるみ剝ぐのはまだ軽い方、ひどい時は即刻、命をとって、その肉を干し肉にし、脂肪は灯油として利用するという、なんとも凄まじい店だった。

この物騒な朱貴の居酒屋に、四悪人の一人、高俅《こうきゅう》の息のかかった襲撃者を殺害し、逃亡中の林冲《りんちゅう》が、太っ腹な柴進《さいしん》が書いてくれた王倫への紹介状を持って、梁山泊へ向かう途中、立ち寄る（『水滸伝』第十一回）。林冲の正体を見破った朱貴が案内役を引き受け、合図の鏑矢《かぶらや》を入り江に射込むと、梁山泊から迎えの小舟がやって来る。林冲は朱貴とともにこれに乗り込み、梁山泊の砦に到着した。曲折はあったものの、この後、林冲は梁山泊入りし、やがて小心者の王倫を殺害、晁蓋《ちょうがい》をリーダーの座に据えるのである（第二十回）。リーダーが交替した後、朱貴は晁蓋の配下となるが、依然として居酒屋稼業をつづける。もっとも、晁蓋の指揮下に入ってからは、さすがに殺し屋稼業とは縁を切ったとおぼしい。

これについで、水滸伝世界に登場する物騒な居酒屋は、「菜園子《さいえんし》」張青《ちょうせい》と「母《ぼ》夜叉《やしゃ》」孫二娘《そんじじょう》が孟州《もう》十字坡《じゅうじは》で営む店である。梁山泊の出先機関だった朱貴の居酒屋と異なり、彼らの店は完全な個人営業であるため、やり方はさらにえげつない。これぞと目をつけた客にしびれ薬を飲ませ、気絶すると身ぐるみ剝いで、脂ののった肥えた者は切り刻んで肉饅頭にし、痩せた者は役に立たないので、川へ放り込んでしまうのだ。

主人の張青は殺人事件を起こした後、追剝稼業にいそしんでいたが、足を洗った追剝の親分に見込まれて娘婿となり、この居酒屋を開いたのだった。親分の娘の孫二娘は、腕っぷしも度胸も亭主の張青にまさり、客を料理するのも彼女が差配をふるっていた。

この何とも物騒な居酒屋に、水滸伝世界の主要人物があいついで立ち寄る。最初に立ち寄ったのは、かの魯智深《ろちしん》である。林冲の命を助けたために、高俅に目をつけられ逮捕されそうになった魯智深は逃亡の途中で、この居酒屋に立ち寄り、孫二娘にしびれ薬をもられた。あわや一巻の終わりという瞬間、亭主の張青が帰宅し、魯智深が何者か気づいて、気付け薬を飲ませてくれたおかげで正気に返った。遊俠世界の豪傑には親切で義俠心に富む張青夫婦は、魯智深を数日泊めてくれ、その間に山賊の砦、二龍山の噂を聞いた魯智深はここに乗り込もうとするが、なかなかうまくゆかない（第十七回）。

そんな時、晁蓋一味に蔡京《さいけい》の誕生祝いを奪われ、これまた逃走中の楊志《ようし》が張青夫婦の店近くの別の居酒屋に立ち寄った。たらふく飲み食いした楊志が酒代を踏み倒して立ち去ろうとすると、居酒屋の亭主が仲間を率いて追いかけてくる。手合わせするうち、亭主は林冲の門弟の「操刀鬼《そうとうき》」曹正《そうせい》だと名乗り、今は親代々の稼業の肉屋を継ぎ、女房が居酒屋をしているという。だとすれば、この居酒屋も張青夫婦の店と大同小異、客を殺して肉饅頭にするのであろう。この曹正から二龍山の話を聞いた楊志はやはり乗っ取りを思いつく。二龍山に向かう途中、魯智深と鉢合わせし一騎打ちになるが、やがておたがいが何者かわかり、一転して力を合わせ、首尾よく乗っ取りに成功したのだった（第十七回）。

こうしてみると、物騒な居酒屋が遊侠世界の情報交換の場となって、それまで無縁だった魯智深と楊志を結びつけ、二龍山の砦に誘導する役割を果たしたことになる。

さて、張青夫婦の居酒屋に、魯智深につづいて立ち寄ったのは武松《ぶしょう》である。警吏二人に連れられ流刑地の孟州に向かう途中、この店に立ち寄ったところ、警吏二人は孫二娘にしびれ薬入りの酒を飲まされ気絶してしまう。怪しいと睨んだ武松は最初から飲まなかったため難を逃れ、逆に孫二娘をしめあげたところに、亭主の張青が現れる。武松が何者か知った張青は許しを乞い、警吏も蘇生させて、丁重に彼らをもてなす。かくして、武松と張青は義兄弟の契りを結び、一行はふたたび孟州へと向かって行く（第二十八回）。

この後、武松はもう一度、張青の店に立ち寄った。孟州で大量殺人を犯した彼は逃亡を重ねてこの店にたどりつき、かつて孫二娘が殺して肉饅頭にしてしまった行者の装束や武器をもらい、身につけた。こうして行者姿に身をやつした武松は張青に勧められて、魯智深と楊志が依拠する二龍山へと向かう（第三十一回）。これまた、物騒な居酒屋が、山の砦二龍山への中継点となったというわけだ。ちなみに、張青夫婦は二龍山の面々が梁山泊入りした時、いっしょに仲間入りした（第五十八回）。梁山泊の女将《じょしょう》、孫二娘の登場である。なお、肉屋の曹正もまず二龍山に仲間入りし、後にともども梁山泊入りする。

付言すれば、梁山泊の三女将（扈三娘《こさんじょう》、孫二娘、顧大嫂《こだいそう》）の一人、「母大虫《ぼだいちゅう》」顧大嫂ももとは居酒屋の女主人だった。この居酒屋も肉も売れば賭場も開くという物騒な店であり、表だった言及はないものの、やはり肉饅頭も商っていたとおぼしい（第四十九回）。

それにしても、三女将のうち二人が居酒屋の女主人だというのも、なかなか意味深長である。居酒屋もしくは宿屋の女主人が魔女だという話は古くからあり、たとえば、唐代伝奇の「板橋三娘子《はんきょうさんじょうし》」は、宿屋の女主人の三娘子が魔法を使って、客をロバに変え、売りさばいていたという想定になっている。こうした伝統的イメージが、水滸伝世界において魔女のような女将に結びついたものだと思われる。彼女たちの営む物騒な居酒屋が、人肉饅頭を製造販売しているとされるのも、残酷趣味としてのカニバリズム（食人肉）への関心はさておき、魔女の恐るべき属性をあらわしたものといえよう。『水滸伝』はことほどさように、この世を超越した魔王と魔女の群像が乱舞する物語世界なのである。

馬乗りになって孫二娘を痛めつける武松。孫二娘は虎のように殴り殺されずにすんだ（『水滸伝』より）

梁山泊入りのさまざまな形

梁山泊《りょうざんぱく》の豪傑百八人が勢ぞろいするのは『水滸伝』第七十一回であり、ここに至るまで彼らは単独あるいはグループで次々に梁山泊入りするが、その入り方にはパターンがある。

まず第一にあげられるのは、何らかの反社会的事件を起こして追われる身となり、無法者の拠点たる梁山泊に駆け込むというパターンである。その最も早い例としては、まだ小物の王倫《おうりん》がリーダーだったころ、梁山泊入りした「豹子頭《ひょうしとう》」林《りん》冲《ちゅう》があげられる。林冲は四悪人の一人、高俅《こうきゅう》の養子が彼の美しい妻に横恋慕したことからさんざんな目にあい、ついに高俅一派の小役人どもを殺害したあげく、梁山泊に身を寄せるに至った（第十二回）。

やがて、四悪人の筆頭株である蔡京《さいけい》の誕生祝いを強奪し、逮捕されかけた「托《たく》頭天王《とうてんおう》」晁蓋《ちょうがい》ら七人の盗賊グループが梁山泊に逃げ込んでくる。「智多星《ちたせい》」呉用《ごよう》や「入雲竜《にゅううんりゅう》」公孫勝《こうそんしょう》もこのグループの一員だった。小心者の王倫はこの強力な顔ぶれに恐れをなし、受け入れに難色を示したため、業を煮やした林冲が王倫を刺殺、晁蓋を梁山泊の新たな主とした。こうして晁蓋グループ七人と林冲、見張り役の朱貴《しゅき》など役に立つ王倫の元配下三人、合計十一人を中心とする原梁山泊軍団が成立した（第二十回）。ありていにいえば、新規駆け込み組が、梁山泊を根城としていた小物山賊の親分を駆逐し、乗っ取ったのである。

原梁山泊軍団はまもなく大量の逃亡者を受け入れることになる。悪女の閻婆惜《えんばしゃく》を殺害し逃亡中の「及時雨《きゅうじう》」宋江《そうこう》が、清風寨《せいふうさい》の軍事長官である「小李広《しょうりこう》」花栄《かえい》に身を寄せたさい、思わぬ事件に巻き込まれ逮捕された。青州《せい》の役所に護送される途中、宋江と花栄は縁のある清風山《せいふうざん》の山賊軍団に救出され、やがて猛攻をかけてくる青州軍の総指揮官「霹靂火《へきれきか》」秦明《しんめい》らを仲間入りさせ（後述）、青州軍を撃退することができた。しかし、このままでは持ちこたえられないと、清風山の山賊軍団を含め、一同うちそろって梁山泊に逃げ込むことになった。こうして梁山泊入りした主要メンバーは移動の途中で加わった者も含めて九人。先に蔡京誕生祝い強奪事件で投獄されていた「白日鼠《はくじつそ》」白勝《はくしょう》も救出されていたので、ここで梁山泊軍団の主要メンバーはいっきょに倍増、二十一人となった（第三十五回）。

実はこの時、宋江は老父が死去したという知らせを受けて、急遽、帰郷し梁山泊入りしなかった。宋江が梁山泊入りするのは、本当は生きていた老父の勧めで自首、江州《こう》の監獄に入った後である。宋江は江州で「神行太保《しんこうたいほ》」戴宗《たいそう》や「黒旋風《こくせんぷう》」李逵《りき》と昵懇《じっこん》になり、快適な日々を送るが、ひょんなことから反逆罪を着せられ、戴宗ともども処刑される羽目になる。危機一髪のところで、梁山泊軍団に救出され、ようやく戴宗や李逵ともども梁山泊に入ったのである（第四十回）。この江州事件によって、これまた江州から移動中に加わった者を含め、梁山泊の主要メンバーはまたまた倍増、四十名になった（第四十一回）。

こうして基盤の固まった梁山泊軍団がいっきょに膨らむ決定的転換点になったのは、自立していた青州の強力な三つの山の砦、すなわち「花和尚《かおしょう》」魯智深《ろちしん》、「青面獣《せいめんじゅう》」楊志《ようし》、「行者《ぎょうじゃ》」武松《ぶしょう》らが拠る二龍山《にりゅうざん》、「毛頭星《もうとうせい》」孔明《こうめい》と「独火星《どくかせい》」孔亮《こうりょう》兄弟の拠る白虎山《はくこざん》、「打虎将《だこしょう》」李忠《りちゅう》の拠る桃花山《とうかざん》をはじめ、分散していた山の砦の主が配下を引き連れて、自発的意志にもとづき、こぞって梁山泊入りしたことだった（第五十六回～第五十九回）。

このように単独あるいは集団で自ら梁山泊入りする場合のほか、梁山泊側が有用な人材だと見込んでスカウトし、時には手段を選ばず強引に仲間入りさせるケースも少なくない。早い例では、宋江と花栄が梁山泊入りに先立ち、青州軍の総指揮官だった秦明を、凄惨な罠にかけ仲間入りさせたこと（第三十四回）、流刑中の「美髯公《びぜんこう》」朱仝《しゅどう》を仲間入りさせるべく、彼がお守りをしている知事の幼い息子を、呉用の指示を受けた李逵が殺害して追いつめたこと（第五十一回）、官軍の「連環騎兵」の戦術を打ち破るべく、盗みの達人時遷《じせん》にひと働きさせて、「金鎗手《きんそうしゅ》」徐寧《じょねい》をおびきだしたこと（第五十七回）、晁蓋亡き後の幹部要員として、「玉麒麟《ぎょくきりん》」盧俊義《ろしゅんぎ》に白羽の矢を立て、あの手この手で仲間に入れようとしたこと（第六十一回～第六十六回）等々は、スカウト作戦による主要メンバー獲得にほかならない。

このほか、必要に迫られ、種々の特殊技能をもつ者を梁山泊まで連れてくるケースもある。結果は失敗に終わったが、江州事件のさい、軍師呉用が蔡京のニセ手紙をデッチあげるべく、要員として連れてきた筆跡模写の名手「聖手書生《せいしゅしょせい》」蕭《しょう》譲《じょう》、印鑑造りの名人「玉臂匠《ぎょくひしょう》」金大堅《きんだいけん》らがこれにあたる。また、背中に悪性の腫瘍ができて重態となった宋江をまたたくまに完治させた、名医の「神医《しんい》」安道全《あんどうぜん》も強引に連れて来られた口である。彼らはその後、大共同体になった梁山泊の特殊技能者として、それぞれ腕をふるうに至る。

　さらにまた、敵対勢力からこれぞと見込んだ人物を生け捕りにし、礼遇して仲間入りさせるのも梁山泊軍団の常套手段である。梁山泊軍団と奮戦した官軍の猛将、「双鞭《そうべん》」呼延灼《こえんしゃく》、「急先鋒《きゅうせんぽう》」索超《さくちょう》、「大刀《だいとう》」関勝《かんしょう》、「没羽箭《ぼつうせん》」張清《ちょうせい》らがこれにあたり、官軍以外では梁山泊軍団と激戦した独龍岡《どくりゅうこう》の女将《じょしょう》「一丈青《いちじょうせい》」扈三娘《こさんじょう》がこのケースにほかならない。こうして梁山泊軍団は敵側から優秀な人材を吸収し、ますます強化されるのである。

　ちなみに、毛沢東は「敵から鹵《ろ》獲《かく》したすべての兵器と、捕虜にした兵員で自己を補充する。わが軍の人力・物力の供給源は、主として前線にある」（「目前の形

三山の砦に立てこもっていた錚々たる豪傑たちの
梁山泊入り。梁山泊は一気にパワーアップする
（『水滸伝』より）

勢とわれわれの任務」）と述べているが、毛沢東はこうした戦術を愛読書の『水滸伝』から学んだのではないかと思われるほどだ。

林冲の単独駆け込みから、敵対勢力の引き抜きに至るまで、百八人の主要メンバーがいかにして梁山泊入りを果たしたか、メンバーを有機的に関係づけながら、さまざまなヴァリエーションによって描き分けてゆく『水滸伝』の語り口は見事というほかなく、梁山泊が大共同体に変貌する過程を臨場感ゆたかに描きあげている。

梁山泊の役割分担

『水滸伝』第七十一回には、百八人の主要メンバーが勢ぞろいし、晁蓋《ちょうがい》の霊をまつって盛大な祭典をもよおした後、宋江《そうこう》が大共同体となった梁山泊の新たな組織編成を発表する場面がある。軍事から生活まで全体を十九の部門に分け、百八人をそれぞれ責任者として振り分けるというものである。やや煩瑣《はんさ》になるが、その任務分担を記してみよう。

総司令官（2名）……………宋江、盧《ろ》俊義《しゅんぎ》
参謀長（2名）……………呉《ご》用《よう》、公孫《こうそん》勝《しょう》
金銭・糧秣管理部長（2名）……柴《さい》進《しん》、李《り》応《おう》
騎兵五虎将（5名）………関《かん》勝《しょう》、林《りん》冲《ちゅう》、秦《しん》明《めい》、呼《こ》延《えん》灼《しゃく》、董《とう》平《へい》

騎兵八驃騎・先鋒隊長（8名）……花栄《かえい》、徐寧《じょねい》、楊志《ようし》、索超《さくちょう》、張清《ちょうせい》、朱仝《しゅどう》、史進《ししん》、穆弘《ぼくこう》

騎兵小彪将・斥候隊長（16名）……黄信《こうしん》、孫立《そんりつ》、宣賛《せんさん》、郝思文《かくしぶん》、韓滔《かんとう》、彭玘《ほうき》、単廷珪《たんていけい》、魏定国《ぎていこく》、欧鵬《おうほう》、鄧飛《とうひ》、燕順《えんじゅん》、馬麟《ばりん》、陳達《ちんたつ》、楊春《ようしゅん》、楊林《ようりん》、周通《しゅうつう》

歩兵隊長（10名）……魯智深《ろちしん》、武松《ぶしょう》、劉唐《りゅうとう》、雷横《らいおう》、李逵《りき》、燕青《えんせい》、楊雄《ようゆう》、石秀《せきしゅう》、解珍《かいちん》、解宝《かいほう》

歩兵将校（17名）……樊瑞《はんずい》、鮑旭《ほうきょく》、項充《こうじゅう》、李袞《りこん》、薛永《せつえい》、施恩《しおん》、穆春《ぼくしゅん》、李忠《りちゅう》、鄭天寿《ていてんじゅ》、宋万《そうまん》、杜遷《とせん》、鄒淵《すうえん》、鄒潤《すうじゅん》、龔旺《きょうおう》、丁得孫《ていとくそん》、焦挺《しょうてい》、石勇《せきゆう》

水軍隊長（8名）……李俊《りしゅん》、張横《ちょうおう》、張順《ちょうじゅん》、阮小二《げんしょうじ》、阮小五《げんしょうご》、阮小七《げんしょうしち》、童威《どうい》、童猛《どうもう》

四店情報収集・接待部長（8名）……**東山酒店**——孫新《そんしん》、顧大嫂《こだいそう》
西山酒店——張青《ちょうせい》、孫二娘《そんじじょう》

南山酒店―朱貴《しゅき》、杜興《とこう》
北山酒店―李立《りりつ》、王定六《おうていろく》

情報探索総部長（1名）……戴宗《たいそう》
伝令歩兵隊長（4名）……楽和《がくわ》、時遷《じせん》、段景住《だんけいじゅう》、白勝《はくしょう》
護衛騎馬驍将（2名）……呂方《りょほう》、郭盛《かくせい》
護衛騎兵驍将（2名）……孔明《こうめい》、孔亮《こうりょう》
死刑執行管理員（2名）……蔡福《さいふく》、蔡慶《さいけい》
三軍内検察管理騎兵隊長（2名）…王英《おうえい》、扈三娘《こさんじょう》
軍事共同参議部長（1名）……朱武《しゅぶ》
製造・事務管理部長（16名）……蕭譲《しょうじょう》、裴宣《はいせん》、蔣敬《しょうけい》、孟康《もうこう》、金大堅《きんだいけん》、侯健《こうけん》、皇《こう》甫端《ほたん》、安道全《あんどうぜん》、湯隆《とうりゅう》、凌振《りょうしん》、李雲《りうん》、曹正《そうせい》、宋清《そうせい》、朱富《しゅふ》、陶宋旺《とうそうおう》、郁保四《いくほうし》

主要メンバーそれぞれの個性、特技、本来の職業等々を考え合わせた、適材適

所、まことにみごとな役割分担リストである。リーダーの宋江、副リーダーの盧俊義以下、まず最高機密に関わる参謀長のポストに、知性派軍師の呉用と神秘派魔術師の公孫勝の二人がつく。頭脳戦、魔法合戦、何でもござれの構えである。

軍事面では、大勢の配下を率いて集団戦をおこなう騎兵部隊を指揮する、騎兵五虎将および騎兵八驃騎・先鋒隊長には、官軍出身で経験ゆたかな関勝、林冲、秦明、呼延灼らが主として選ばれているのに対し、歩兵隊長には剛勇無双ながら、一匹狼的な魯智深、武松、劉唐、雷横、李逵、燕青らが配されているのも、心憎い配慮だといえよう。

水軍隊長に選ばれた李俊以下八名は、みな船頭や漁師出身で、水に習熟した者たちである。また、情報収集・接待部長として出先機関の茶店四軒を預かる八名は、全員もともと居酒屋を営んでいた者だが、まっとうな王定六を除いて、みな客を殺害し肉饅頭にするという、えげつない稼業にいそしんでいた。さらにまた、情報探索総部長に快足の持ち主、戴宗が選ばれているのも妥当そのものである。このほか、梁山泊で犯罪行為がおこったときのために、死刑執行管理員というポ

梁山泊に結集した百八人に対して見事な役割が与えられる。水練の達者な張順は水軍隊長に就く
（横山光輝著『水滸伝』より）

ストが設定されているが、この任務を分担する蔡福と蔡慶は兄弟であり、もともと北京《ほくけい》の牢役人で首切り役人を兼任していた。このもとの職種を生かして、任命されたというわけだ。

面白いのは、製造・事務管理部長に選ばれた十六名であり、じっさいには、この分担はさらに十六に区分され、それぞれ特殊技能をもつ者が配されている。

たとえば、文書製作管理部長の蕭譲はもともとどんな筆跡も模写できる書の達人、兵符印章製造管理部長の金大堅は印鑑造りの名手であり、宋江が江《こう》州で死刑囚の牢獄に収監されたとき、腕をふるったことがある（『水滸伝』第三十九回）。また、獣医管理部長の皇甫端はもともと家畜の病気を即座に完治させる手練の獣医だったが、石つぶての名手張清の紹介で梁山泊入りした（第六十五回）。疾病治療内外科医員管理部長の安道全は、投獄された盧俊義を救出すべく、梁山泊軍が北京を攻撃したとき、背中に悪性腫瘍ができた宋江をたちどころに治癒させ（第六十五回）、それが縁で梁山泊軍団の主治医となった人物である。

こうして、それぞれ特殊技能を生かしたポストについたメンバーとは異なり、リーダー宋江の弟宋清はこれという技能もないため、宴会準備専門管理部長となり、もっぱら宴会準備にたずさわることになっているのも、なかなか味のある処遇だといえよう。

こうして見ると、百八人の主要メンバーとその家族、および数万の兵士を擁する大共同体となった梁山泊が、主要メンバーをそれぞれの持ち味と特技を生かして管理運営にたずさわらせ、実にうまく組織化されていることに、あらためて驚かざるをえない。次々に登場する豪傑たちが梁山泊に集結したとき、このように多方面にわたって役割を分担できるのは、盛り場講釈から長篇小説に移行する過程で、『水滸伝』の作者に当初から緻密な計算と周到な構想があったことを示すものにほかならない。

招安について

『水滸伝』の物語世界は第七十一回において、百八人の主要メンバーが勢ぞろいしたところで、クライマックスに達し、以後、終幕への道のりをたどりはじめる。明末清初の文学批評家、金聖嘆《きんせいたん》の手になる七十回本は、百回本や百二十回本の第一回を楔子《せっし》(序幕)とし、この梁山泊《りょうざんぱく》のクライマックス第七十一回を結びとして、第七十二回以降をきれいさっぱりカットしたものにほかならない。水滸伝世界が第七十一回以降、下り坂へと向かうのは確かだが、それがどんなに悲惨な結末であっても、作者も読者も最後まで見とどけねばならず、金聖嘆のやりかたはやはり無理があるといえよう。

水滸伝世界終幕のきっかけになったのは、リーダー宋江《そうこう》の招安路線《しょうあん》である。宋江が早い時期から、招安すなわち北宋《ほくそう》王朝への帰順を願っていたことは、先代リーダーの晁蓋《ちょうがい》の死後、急遽、臨時措置として後継のリーダーになったとき、梁山泊の中心的な建物の名称を「聚義庁《しゅうぎちょう》」から「忠義堂」に変更したことに（第六十回）、すでにあらわれていた。その後、手続きをへて正式にリーダーの座につき、百八人のメンバーが勢ぞろいして、天地神明の加護に感謝するとともに、晁蓋をはじめとする死者を供養する盛大な祭祀を催した後、宋江の招安願望は一気に顕在化する。

　祭祀が行われた旧暦四月半ばからほぼ五か月後、重陽《ちょうよう》の節句（旧暦九月九日）に、宋江はメンバーを集め、忠義堂で大宴会を催した。このとき、酔っぱらった宋江は詞《ツー》（小唄）を作り、これを歌のうまい楽和《がくわ》にうたわせた。ちなみに、この詞の末尾には、

　　望むらくは天王の詔を降《くだ》し
　　早く招安されんことを
　　心方《かく》てぞ定まらん

と、宋江の招安願望が露骨に記されており、たちまちひと騒動となった。まず

最初に武松《ぶしょう》が、「今日も招安してほしい、明日も招安してほしいでは、兄弟たちの心がしらけてしまいますぞ」と怒鳴り猛反発すると、つづいて李逵《りき》が暴れだす。李逵はかっと怪眼を見開き、「招安、招安、何がクソ招安だ」とわめくや、食卓を蹴りあげ、粉々に壊してしまう。形勢不利と見た宋江は、もっとも扱いやすい李逵を叱りとばし牢屋に入れてしまう。かくて、一同の気勢を削いだうえで、説得にとりかかるが、かの魯智深《ろちしん》も、朝廷の重臣は悪人ばかりだから、「招安はだめだ。それなら別れて、明日からめいめい自分の道を行くことにしよう」と、招安には断固反対という態度を鮮明にする。その場はなんとか収まったものの、メンバーの心には割り切れない思いが深まるばかりだった。

このように、梁山泊きっての猛者《もさ》である武松、魯智深、李逵らが烈々たる反逆精神を示し、招安路線につよい違和感を表明したにもかかわらず、宋江は彼らの思いをまったく斟酌《しんしゃく》しようとせず、これ以後、招安路線をひた走る。悪いのは四悪人をはじめ朝廷を牛耳る重臣どもであり、徽宗《きそう》には何の誤りもないというのが、招安を切望する宋江の論理であった。いうまでもなく、これは単なる願望に過ぎないのだが、宋江はこの論理によって、以後、徽宗の思い者の李師師《りしし》を利用する搦め手作戦、高俅《こうきゅう》の指揮する官軍を撃破する正面作戦と、硬軟両様の作戦を駆使して徽宗を動かし、ついに梁山泊軍団をあげて招安され、官軍に転身するところまでこぎつける（第八十二回）。

官軍となった梁山泊軍団は、最初の戦いである遼《りょう》征伐において、苦戦のあげく勝利をおさめ、主要メンバー百八人は全員めでたく開封《かいほう》に凱旋した。しかし、四悪人に妨害され思わしい論功行賞も受けられず、宋江はじめメンバーにとって鬱々と楽しまない日がつづく。

そんなとき、李逵がずばりと言ってのける。「哥哥《ガガ》（兄貴。宋江を指す）は、まったく考えなしだね。梁山泊にいたころはバカにされることもなかったのに、今日も招安、明日も招安で、招安してもらったら、今度はくよくよさせられるとはね。みんなここにいるのはやめて、また梁山泊に行こう。そうすりゃさっぱりするぜ」（第九十回）宋江に叱責されると、李逵は「それじゃ明日もバカにされるだけだな」と笑い、ほかのメンバーもどっと笑いくずれる。忠義に凝り固まった宋江の招安病にはほとほとうんざりだが、招安にさいして根拠地の梁山泊は解体してしまい、もう行き場もない。そんな彼らのやりきれない思いが伝わってくる場面である。しかし、もともと招安に大反対だった李逵、武松、魯智深らは、かといって脱落することはなく、最後まで戦場でめいっぱい力を発揮した。それは、いったん生死をともにすると誓った侠者の信義であり、意地だったのであろう。

官軍として出動した最後の戦いである方臘《ほうろう》征伐において、激戦のなかで七割のメンバーを失い、梁山泊軍団は壊滅した。あげくのはてに、生き残ったリーダーの宋江は四悪人の差し金で毒をもられ、分身ともいうべき李逵を道連れにして息絶えた。忠義を標榜した宋江の招安路線は、こうして悲惨な結果に至り、八方破れの痛快な豪傑たちが舞台狭しと大活躍を演じた、『水滸伝』の胸躍る物語世界は、ひっそりと幕切れを迎える。

こうしてみると、宋江の主導した招安路線は豪傑たちを退場させ、物語を終わらせるための装置だったとも考えられる。始まった物語はいつか終わらせなければならず、幻の大共同体たる梁山泊はいつか消滅させねばならないというわけだ。

菊の花が飾られた忠義堂での宴会。英雄たちのなごやかな談笑も、宋江の作った招安の詞で座は大荒れとなる（『水滸伝』より）

こうした物語の文法によって、地底から天空に飛び散った百八人の魔王は、ひとしきり地上世界を揺さぶり、また地底に帰っていったのである。蕭条《しょうじょう》と悲痛な幕切れではあるが、その一方、ここには、いつか時満ちれば、また彼らが忽然と地上に姿をあらわすかも知れないという、見果てぬ夢のなごりも確かに見てとれる。『水滸伝』が時代を超えて読みつがれるゆえんであろう。

豪傑たちの退場

梁山泊《りょうざんぱく》の豪傑百八人（天罡星《てんこうせい》三十六人、地煞星《ちさつせい》七十二人）がせいぞろいするのは、『水滸伝』第七十一回である。その後、すったもんだの末に、宋江《そうこう》の主導で彼らは招安《しょうあん》され、根拠地の梁山泊を解体して、梁山泊軍団は北宋《ほくそう》の官軍に編入された（第八十一回）。

官軍となった梁山泊軍団はやがて契丹《きったん》族の国家遼《りょう》との戦いに出陣する。このとき、梁山泊軍団は苦しい戦いのあげく遼軍を撃破して大勝利をおさめ、百八人の主要メンバーは全員そろって意気揚々と首都開封《かいほう》に凱旋した（第九十回）。

めでたく凱旋した直後、魔術師の公孫勝《こうそんしょう》が、宋江はじめ一同が功成り名遂げた今、師匠羅真人《らしんじん》と老母のもとに帰りたいと言って、故郷へ帰って行った（第九十回）。こうして公孫勝がぬけた後、四悪人の妨害もあって、思わしい論功行賞も受けられず、軍団一同、鬱々と楽しまない日がつづく。そんなとき、朝廷では江南で大反乱を起こした方臘《ほうろう》の征伐を実施するとの情報があり、宋江が旧知の宿《しゆく》大将に働きかけて徽宗《きそう》の勅旨を得、梁山泊軍団は方臘征伐に出陣することになる。ただ、朝廷や重臣からの申し入れで、印鑑造りの名人「玉臂匠《ぎょくひしょう》」金大堅《きんだいけん》、獣医の「紫髯伯《しぜんはく》」皇甫端《こうほたん》、模写名人の「聖手書生《せいしゅしょせい》」蕭譲《しょうじょう》、名歌手の「鉄叫子《てっきょうし》」楽和《がくわ》の四人が開封に残留することになった。こうして、先の公孫勝と合わせて五人が脱落、梁山泊軍団は百三人の主要メンバーを以て方臘征伐に向かう（第九十回）。

ちなみに、第九十回の末尾には、公孫勝をはじめ五人の退場者のリストが見える。これを皮切りに第九十八回まで、各回の末尾に何らかの事情で軍団から脱落した者、戦死あるいは病死した者等々、退場した者の人数と名前が付記されている。第九十一回で戦死した者三人、第九十二回で戦死した者五人という具合に、死者は回を追うごとに増え、方臘との最終局面の激戦を描く第九十八回において、戦死者は二十四人に達する。まさに累々たる豪傑たちの屍の記録にほかならない。さまざまな形をとって梁山泊に集結した百八人の主要メンバーは、こうして一人また一人と退場してゆくのである。淡々と記されたこの退場者リストには、大いなる物語の終焉をひしひしと実感させるものがある。

ことほどさように、第九十回から第九十八回にわたり、えんえんと繰り広げられる方臘との戦いは、激戦の連続であり、梁山泊軍団にとって苛酷をきわめた。累々たる屍を重ね、ようやく方臘を捕らえ勝利を手にしたとき、七割のメンバーを失い、生き残った者はわずか三十六名というありさまだった。ちなみに、方臘は北宋末に実在した民衆反乱のリーダーだが、もともと秘密結社の一員であり、神秘的なイメージも強かった。『水滸伝』ではこれを誇張して方臘を大魔王として描き、この難敵を相手にまわす困難さを強調している。

ともあれ、満身創痍になりながら、方臘征伐に勝利した梁山泊軍団のリーダー宋江は、生き残った三十六人の主要メンバーを率いて、開封に凱旋しようとしたが、種々の理由で軍団を離れる者が続出し、けっきょく帰り着いたのは二十七人にすぎなかった。

軍団を離れたメンバーのうち、魯智深《ろちしん》は凱旋の途中、戦場で重傷を負った武松《ぶしょう》とともに立ち寄った杭《こう》州の六和寺《りくわじ》で、師匠の智真《ちしん》長老の予言どおり座化《ざげ》（禅床に座ったまま大往生すること）した。武松はその後も六和寺に留まり、軍団の出発直前、中風にかかった林冲《りんちゅう》を看取った後、出家して八十の長寿を保った。また、水軍の猛者《もさ》だった李俊《りしゅん》は仮病を使って、弟分の童威《どうい》・童猛《どうもう》とともに軍団を離脱、自己資金で船を作ってシャムに渡り国王になった。さらに、器用でいなせな燕青《えんせい》は主人の盧俊義《ろしゅんぎ》に将来の災禍を避けるべく、ともに離脱しようと勧めて果たさず、やむなく一人、褒美にもらった金品をもって脱走した。このほか、盗みの達人時遷《じせん》と「病関索《びょうかんさく》」楊雄《ようゆう》も凱旋の途中で病死した。かくして九人が脱落、宋江は出陣したときの二割余りのメンバー二十七人とともに開封に凱旋したのだった。

凱旋後、リーダーの宋江と副リーダーの盧俊義が重任に起用されたのはむろんのこと、呉用《ごよう》、関勝《かんしょう》、呼延灼《こえんしゃく》、花栄《かえい》、柴進《さいしん》、李応《りおう》、朱仝《しゅどう》、戴宗《たいそう》、李逵《りき》、阮小七《げんしょうしち》の正将（天罡星）十人、および宋江の弟宋清《そうせい》、女将《じょしょう》の顧大嫂《こだいそう》ら副将（地煞星）十五人もそれぞれ各州の指揮官などに任じられた。しかし、その後も、四悪人の罠にはまることを警戒し、道士になって大往生した戴宗はじめ辞任する者があいついだ。

こうして、とにもかくにも逃げ切った者は幸いだったが、悲惨をきわめたのは、宋江と盧俊義である。

宋江と盧俊義の最期については、すでに別の回でも述べたが、二人は四悪人の差し金で毒をもられて、まず盧俊義が溺死、ほどなく宋江も遅効性の毒入りの恩賜の酒を飲まされ、分身ともいうべき李逵を道連れにして絶命した。やがて軍師の呉用と弓の名手の花栄が、夢枕に立った宋江に導かれて、宋江と李逵が埋葬された楚《そ》州郊外の蓼児洼《りょうじわ》を訪れ、ともに縊死して後を追うに至る。輝かしい梁山泊軍団のあまりにも無残な幕切れであった。

『水滸伝』の物語文法から見れば、方臘征伐は梁山泊軍団を消滅させ、豪傑たちを退場させるために設けられた、「仕掛け」にほかならなかった。先述のように、大魔王の方臘に対抗しうる魔術師公孫勝を出陣前に早々と退場させていること、激戦の渦中で負傷者が続出しているとき、風邪を引いた徽宗に召し返されたとして、命の綱ともいうべき名医の安道全を開封に帰還させていること（第九十四回）等々は、この仕掛けを完璧なものにすべく、周到に用意されたものである。始まった物語はいつか終わらさねばならず、『水滸伝』の作者が登場人物をいかなる形で退場させるか、苦心惨憺したことがしのばれる。

総じて『水滸伝』は第七十一回の百八人のせいぞろいでクライマックスに達し、以後、招安、遼征伐をへて方臘征伐において軍団が壊滅し、幕切れに至る。ちなみに、作者は百八人の豪傑の退場のさまを、一人残らず綿密に書き込んでおり、基本的な整合性と合理性を求めるその執念と情熱には、並々ならぬものがあると感嘆せざるをえない。

「円寂」が死ぬことと教えられた魯智深は身を清め、僧衣となって禅床に座る。そしてそのまま安らかな最期を遂げる（『水滸伝』より）

梁山泊の戦い（1）

梁山泊《りょうざんぱく》軍団がはじめて全面的な対外戦争に突入したのは、宋江《そうこう》が晁蓋《ちょうがい》につぐナンバーツーの地位に着き、軍団の態勢が固まってからまもなくのことだった。相手は梁山泊にほど近い独龍岡《どくりゅうこう》の二つの村、祝家荘《しゅくかそう》と扈家荘《こかそう》である。この戦いの発端は、コソ泥稼業の「鼓上蚤《こじょうそう》」時遷《じせん》が、「病関索《びょうかんさく》」楊雄《ようゆう》と「拚命三郎《はんめいさんろう》」石秀《せきしゅう》ともども仲間入りすべく梁山泊に向かう途中、宿屋で鶏を盗み、祝家荘に捕らえられたことにあった（『水滸伝』第四十六回）。楊雄は知り合いの「鬼臉児《きれんじ》」杜興《とこう》のつてで、独龍岡のもう一つの村である李家荘《りかそう》の主「撲天鵰《ぼくてんちょう》」李応《りおう》に頼み、時遷を釈放させようとしたが、祝家荘側はにべもなくはねつけた。このため、楊雄と石秀は梁山泊に駆け込み、祝家荘を攻撃して時遷を救出してもらいたいと懇願する。

リーダーの晁蓋はコソ泥とその仲間を助けることはできないと拒絶するが、宋江と呉用《ごよう》は、祝家荘は梁山泊を敵視しているのだから、この機会に滅ぼしてしまおうと主張し、けっきょく大軍を出動させることになった。しかし、独龍岡の複雑な地形に迷わされたり、扈家荘の主の娘で、祝家荘の主の三男祝彪《しゅくひょう》の許嫁「一丈青《いちじょうせい》」扈三娘《こさんじょう》の大奮戦に手こずらされたりして、なかなか祝家荘および扈家荘を攻め落とすことはできなかった。そんなおり、登州で大がかりな脱獄事件を起こした、「病尉遅《びょううつち》」孫立《そんりつ》と「小尉遅《しょううつち》」孫新《そんしん》、孫新の妻の「母大虫《ぼだいちゅう》」顧大嫂《こだいそう》、孫立の義弟「鉄叫子《てつきょうし》」楽和《がくわ》、猟師の「両頭蛇《りょうとうだ》」解珍《かいちん》と「双尾蝎《そうびかつ》」解宝《かいほう》兄弟、山賊の「出林竜《しゅつりんりゅう》」鄒淵《すうえん》とその甥の「独角竜《どくかくりゅう》」鄒潤《すうじゅん》の八人が梁山泊に逃げ込んでくる。このうち孫立が祝家荘の武術指南、欒廷玉《らんていぎょく》の知り合いだったため、軍師呉用はこれを利用して彼らを祝家荘の本拠に入り込ませ、内外呼応して攻め落とすことに成功した（第五十回）。

独龍岡戦争に勝利した梁山泊軍団は人質に取られていた者を奪還したのみならず、金銀財宝や食糧を大量に奪取して、意気揚々と梁山泊に凱旋したのである。さらにまた、この戦いの過程を通じ新たに梁山泊の主要メンバーに加わった者は、楊雄、石秀、時遷の三人、孫立ら八人、および独龍岡から加わった李応、杜興、扈三娘の三人と、つごう十四人にのぼる。なお、扈三娘は色好みの王矮虎《おうわいこ》に打ち勝ち生け捕りにしたが、林冲《りんちゅう》に敗れて生け捕りになり、戦いが終わった後、宋江の世話で王矮虎と結婚、以後、梁山泊の女将《じょしょう》として勇名をとどろかせた。王矮虎が打って変わって身持ち正しくなったのはいうまでもない。梁山泊の戦いのうち、この独龍岡戦争のくだりがもっとも委曲に富み興趣あふれる。

梁山泊軍団の第二回目の対外戦争は、高唐州《こうとう》長官で、四悪人の一人高俅《こうきゅう》の従弟、高廉《こうれん》の率いる軍勢を向こうにまわすものだった。この戦いの原因を作ったのは「黒旋風《こくせんぷう》」李逵《りき》である。問題を起こした李逵が、かくまう侠の「小旋風《しょうせんぷう》」柴進《さいしん》のもとに身を寄せていたとき、高唐州に住む柴進の叔父が、高廉の義弟殷天錫《いんてんしゃく》の嫌がらせを受けて重病にかかり死去するに至った。柴進のお供をして見舞いに来ていた李逵は事の顚末を知ると、憤慨のあまり前後の見境なく殷天錫を殴り殺してしまう。この結果、李逵は何とか梁山泊に逃げ帰ったものの、柴進は逆上した高廉に捕まり死刑囚の牢獄に入れられた。

かくて宋江・呉用《ごよう》の率いる梁山泊軍団が柴進を奪還すべく出撃するが、高廉は魔術師であり、その魔術に翻弄され手も足も出ない。快足の「神行太保《しんこうたいほ》」戴宗《たいそう》と李逵が帰郷中の「入雲竜《にゅううんりゅう》」公孫勝《こうそんしょう》を呼び戻しに出向くなど、てんやわんやのあげく、ようやく高廉を討ち取り勝利することができた（第五十四回）。この高唐州戦争は、独龍岡戦争が地域の縄張り争いだったのとは異なり、州軍とはいえ官軍が相手だったところに大きな意味がある。

つづく三番めの対外戦争は、朝廷軍および高唐州よりはるかに大州である青州《せい》の軍勢を相手どったもの。まず従弟を殺された高俅の差し金により、「双鞭《そうべん》」呼《こ》延灼《えんしゃく》を総大将とする官軍が梁山泊に猛攻をかけてくるが、梁山泊側は激戦のあげくこれを撃破した（第五十七回）。一敗地に塗れた呼延灼は青州に落ちのび、青州長官の指示により、青州軍を率いて、「打虎将《だこしょう》」李忠《りちゅう》・「小覇王《しょうはおう》」周通《しゅうつう》が依拠する桃花山《とうかざん》、「毛頭星《もうとうせい》」孔明《こうめい》・「独火星《どくかせい》」孔亮《こうりょう》の依拠する白虎山《はくこざん》、「花和尚《かおしょう》」魯智深《ろちしん》・「青面獣《せいめんじゅう》」楊志《ようし》・「行者《ぎょうじゃ》」武松《ぶしょう》の依拠する二龍山《にりゅうざん》を攻め落とそうとした。しかし、三山は梁山泊の支援を得て戦力を強化し、また呉用の計略で呼延灼を生け捕りにして仲間入りさせ、青州を陥落させたのだった。かくして、三山はすべて梁山泊に合流、十二人が新たに梁山泊の主要メンバーに加わる。

こうして梁山泊軍団は対外戦争を重ねるごとに主要メンバーを補強し、躍進しつづけてきたが、四度めの戦いである曾頭市《そうとうし》攻めにおいて致命的な打撃をうける。曾頭市は戸数三千あまりの集落だが、名馬を横取りされたことで頭に血がのぼった晁蓋が自ら軍団を率いてこの集落に攻め寄せ、矢に当たって絶命してしまうのである（第六十回）。この戦いはこれまでの州軍や官軍との戦いはむろん、地域戦争である独龍岡戦争に比べても、必然性に乏しく、ダイナミックな盛り上がりに欠ける。それは、この曾頭市攻めがひたすら晁蓋を退場させるためにのみ設定された「仕掛け」だったことを、自ずと示すものである。

晁蓋の死後、急遽、メンバーの要請を受け、宋江が条件付きながらリーダーの座につく。彼の最初の仕事は、晁蓋の抜けた穴を補うべく、大物を梁山泊に迎え入れることだった。そこで白羽の矢が立てられたのは、任侠世界で名の売れた、北京《ほくけい》（河南省大名《だいめい》県）で質屋を営む「玉麒麟《ぎょくきりん》」盧俊義《ろしゅんぎ》だった。しかし、この盧俊義

梁山泊軍との戦いでは一歩も引かなかった一丈青扈三娘も戦後には迎えられて梁山泊入りする
（横山光輝著『水滸伝』より）

獲得は難航をきわめ、三度にわたって北京に攻め込み官軍と死闘を繰り返したはてに、ようやく成功した（第六十一回〜第六十七回）。ちなみに、五度目の対外戦争であるこの北京攻めにおいても、「大刀《だいとう》」関勝《かんしょう》をはじめ、官軍の猛者《もさ》が転身して仲間入りし、梁山泊はまたまた戦力を強める。この後、梁山泊軍団は曾頭市を攻め落として晁蓋のために復讐を遂げ、この時点で、宋江は正式のリーダーとなり、百八人の主要メンバーが勢ぞろいして、梁山泊はクライマックスを迎える。

梁山泊軍団はこうして対外戦争の繰り返しのなかで成長し、自らを精錬し強化してきた。梁山泊はまさに自らの意志で戦う大共同体であり、怖いものなしの自立する戦闘集団であった時期がもっとも輝いていたといえよう。

梁山泊の戦い（2）

たびかさなる戦いを勝ち抜き、百八人の主要メンバーが勢ぞろいすると、梁山泊では、晁蓋《ちょうがい》をはじめとする死者を供養する盛大な祭祀を催し、主要メンバーの役割分担を正式に決定して、盤石の組織体制を固めた（『水滸伝』第七十一回）。ここまできたとき、リーダーの宋江《そうこう》は持ち前の招安《しょうあん》願望をあらわに示すようになる。宋江は手始めに灯節《ドンジエ》（元宵節《げんしょうせつ》）見物を口実に首都開封《かいほう》に出かけ、徽宗《きそう》皇帝の思い者の妓女李師師《りしし》を通じて、徽宗との直接交渉をはかるが、この裏口作戦はあえなく失敗してしまう。

その後、勢いを強める梁山泊軍団に手を焼いた地方役所から北宋《ほくそう》朝廷にたびたび上表文が捧げられたため、事態を憂慮した重臣の提言により、徽宗は梁山泊軍団の招安を決断するに至る。かくして、近衛軍の大将、陳宗善《ちんそうぜん》が梁山泊に招安の詔勅をとどけることになるが、梁山泊に悪意をもつ蔡京《さいけい》と高俅《こうきゅう》がそれぞれ部下を同行させたため、事態は紛糾する一方となった。宋江は招安の使者一行を歓迎したが、他のメンバーは一行の不遜な態度にすっかり腹を立て、また詔勅の内容もまことに居丈高なものだったので、激怒した李逵《りき》がこれを粉々に引き裂くなど、大騒ぎとなり、招安交渉はあっけなく決裂してしまう（第七十五回）。

この結果、北宋朝廷ではまたも征伐論が高まり、まず四悪人の一人、童貫《どうかん》が大軍を率いて攻めよせるが、梁山泊軍団は難なくこれを撃退した。ついで、高俅がまたまた大軍を率い、三度にわたって攻めよせるが、梁山泊軍団は総力をあげてこれを連破、ついに高俅を生け捕りにした。高俅は釈放してくれれば、徽宗に上奏して招安に尽力すると懇願したため、宋江は高俅を釈放、開封に帰還させたのだった（第八十回）。

しかし、高俅は腹黒い悪人であり、そんな口約束など当てにならない。そこで宋江と軍師呉用《ごよう》は、色男の燕青《えんせい》をふたたび開封の李師師のもとにやった。燕青は巧みに李師師の心を動かし、彼女の引き合わせで徽宗と対面、一部始終を縷々訴えて、梁山泊軍団のこれまでの罪状を帳消しにする赦免状を手に入れることができた。さらに、別のルートによって、梁山泊に好意的な重臣宿元景《しゅくげんけい》を動かし、彼が徽宗の使者として梁山泊に招安の詔勅をとどける手筈もととのう（第八十一回）。つまるところ、宋江は朝廷軍との戦闘における完全勝利を踏まえて、裏口作戦で徽宗と直接交渉し、願ってもない有利な条件で帰順したのである。

この結果、梁山泊軍団は一同うちそろって美々しく武装に身を固め、堂々と隊列を組んで開封に入城、官軍に編入される仕儀となった。ちなみに、彼らの根拠地梁山泊はリーダー宋江の決断によって解体された。梁山泊軍団はもう後戻りできなくなったのである（第八十二回）。官軍となった梁山泊軍団は以後、二度にわたって、大きな戦いに出撃することになる。最初が北方の契丹《きったん》族王朝、遼《りょう》との戦い（第八十三回―第九十回）、二度目が江南で反乱した方臘《ほうろう》との戦いである（第九十回―第九十八回）。

最初の遼との戦いは苦戦の連続であったが、魔術師公孫勝《こうそんしょう》の魔法作戦が功を奏して勝利をおさめ、百八人の主要メンバーも一人残らず生還することができた。

官軍となった梁山泊軍団の輝かしい栄光のときだった。もっとも、歴史的に見れば、梁山泊軍団はむろんのこと、北宋末、北宋軍が遼と戦い勝利した事実はなく、まったくのフィクションである。

契丹族の遼は唐滅亡後、五代十国の乱世において、北方で興亡した五王朝の一つ、後晋《こうしん》（九三六―九四六）に軍事的援助を与えた代償として、「燕雲《えんうん》十六州（現在の北京《ペキン》を含む河北省から山西省にかけての一帯）」を割譲され、ここに依拠して発展した国家である。五代の乱世に終止符をうち、建隆元年（九六〇）、中国を統一した北宋以後も、遼は「燕雲十六州」を堅持しつづけ、北宋第三代皇帝の真宗（九九七―一〇二二在位）の景徳《けいとく》元年（一〇〇四）、さらに勢いを強めて軍勢を南下させ、北宋軍と戦ってこれを撃破した。この結果、北宋は遼に対して毎年、銀十万両、絹二十万匹を支払うという条件で、和平条約を結んだ。いわゆる「澶淵《せんえん》の盟」である。この莫大な賠償の支払いは、それから約百年後に即位した徽宗の在位中（一一〇〇―一一二五）も続行されていた。北宋はいわば大枚払って平和を買ったのである。

北宋の民衆はこうした遼に対する弱腰にしだいに憤懣をつのらせ、北宋末になると、盛り場の語り物に、英雄豪傑が出現して遼軍をこてんぱんに撃破するという物語があらわれ、喝采を浴びるようになる。『楊家将演義《ようかしょう》』がその最たるものであり、『水滸伝』の遼征伐もこれに当たる。まさに民衆の願望充足である。実際には、北宋はついに遼と戦うことなく、遼と戦い滅ぼしたのは、女真《じょしん》族王朝の金《きん》であり、北宋もまたこの金に滅ぼされたのだった。

官軍となった梁山泊軍団の遼征伐は、このように民衆の願望充足の欲求に沿うものだが、さらにまた、『水滸伝』の物語文法から見れば、宮崎市定《みやざきいちさだ》著『水滸伝』にも述べられているように、次なる大魔王方臘との戦いの熾烈さを強調するには、梁山泊の魔術師公孫勝を退場させねばならず、そのために遼征伐で公孫勝に大活躍をさせ、退場の花道としたともいえよう。遼征伐で存分に腕をふるった公孫勝はこれを置き土産に帰郷し、梁山泊軍団は強力な魔術師ぬきで、大魔王方臘と対決しなければならなかったのである。

方臘との戦いについては、すでに「豪傑たちの退場」の章で述べたので、ここでは詳しくふれないが、最終的に勝利は収めたものの、激戦につぐ激戦のなかで、梁山泊軍団は七割の主要メンバーを失い、生き残ったのはわずか三十六名にすぎなかった。この戦いは、これまた『水滸伝』の物語文法から見れば、豪傑たちの退場の「仕掛け」として設定されたものにほかならない。

百八人の豪傑が勢ぞろいするまでの梁山泊軍団は、自らの意志で凄絶に戦いながら成長し、自立する輝かしい戦闘集団でありつづけた。しかし、北宋朝廷軍との戦いに勝利し、表面的には有利な条件で招安され、官軍の一部となった後は、遼征伐、方臘征伐と、加速度的に消耗し、滅びへの道をひた走るばかりであった。梁山泊軍団にとって招安とはいったい何だったのか。読者に鋭く問いを突きつける終幕だといえよう。

使者一行の威張りくさった態度と詔勅のあまりの内容に李達は激怒。詔勅をひったくって引き裂き、殴りかかろうとする（『水滸伝』より）

第三章

「『水滸伝』の魅力」をめぐって

出会いと伏線

『水滸伝』の語り口の大きな特徴は、百八人の豪傑を「数珠繋ぎ形式」によって次から次へと登場させるところにある。しかも、ただ順々に登場させるのではなく、ことに前半では、必ず相互に密接に絡ませ関係づけながら、ストーリーを展開させてゆくという、絶妙の仕掛けになっている。また、登場した人物の配置にも工夫が凝らされ、以後の展開の重要な伏線となることも少なくない。

こうした有機的な「数珠繋ぎ形式」において、もっともよく用いられるパターンは、豪傑同士の意外な出会いである。たとえば、「花和尚《かおしょう》」魯智深《ろちしん》と「豹子頭《ひょうしとう》」林冲《りんちゅう》の場合がそうだ。深酒がもとで五台山《ごだいさん》を追放され、首都開封《かいほう》の大相国寺《だいしょうこくじ》に送り込まれた魯智深は、ここで寺の菜園の番人をつとめるうち、近衛軍師範の林冲と出会って意気投合し、義兄弟の契りを結ぶ（『水滸伝』第七回）。しかし、まもなく林冲は、四悪人の一人、高俅《こうきゅう》の養子が彼の美しい妻に横恋慕したため、身に覚えのない罪をきせられ流刑処分となる。のみならず、護送される途中、高俅の息のかかった警吏に殺されそうになったところを、心配して後をつけてきた魯智深に助けられる。かくて命拾いした林冲は流刑地の滄《そう》州に向かった。

しかし、滄州に到着した後も林冲はご難つづき、けっきょく自分を殺そうとした高俅一派の小役人や看守を逆に殺害して逃亡し、太っ腹の俠、「小旋風《しょうせんぷう》」柴進《さいしん》の紹介で、当時、王倫《おうりん》が支配していた梁山泊《りょうざんぱく》に身を寄せようとする。一方、林冲が滄州に向かった後、いったん開封にもどった魯智深も、林冲を助けたかどで逮捕されかけ、逃亡の旅に出たのだった。

さて、林冲が梁山泊にやってくると、その猛者《もさ》ぶりに恐れをなした親分の王倫は、旅人を一人殺せば仲間入りさせると難題をふっかける。やむなく林冲はたまたま通りかかった「青面獣《せいめんじゅう》」楊志《ようし》と一騎打ちをするが、勝負がつかない。かくして小心者の王倫も二人の剛勇を認めざるをえず、林冲を受け入れ、楊志にも仲間入りを勧めるが、楊志は断り、首都開封へと向かったのだった（第十二回）。このくだりは、物語展開において重要な要素を含んでいる。まず第一に、林冲と楊志が出合い頭の一騎打ちという形で出会ったこと、第二に、林冲が先んじて梁山泊入りしたことが、その後の展開における重要な伏線となるのである。

梁山泊をあとにした楊志はもと武官であり、職務上のミスを犯したために逃亡したが、恩赦になり、復職運動のために開封にもどる途中だった。しかし、開封に到着後、復職運動が頓挫したばかりか、絡んできたヤクザ者を殺害する事件を起こし、北京《ほくけい》（河北省大名県《だいめいけん》）に流刑になってしまう。ここで楊志は所司代の梁《りょう》中書《ちゅうしょ》（四悪人の一人、蔡京《さいけい》の娘婿）に腕を買われ、舅の蔡京に贈る豪勢な誕生祝いを開封まで届ける運搬責任者に任じられる。

これが楊志の運命の分かれ道となる。楊志の率いる運搬部隊は途中の黄泥岡《こうでいこう》で、「托塔天王《たくとうてんおう》」晁蓋《ちょうがい》の率いる盗賊団にしびれ薬をもられて全員気絶、誕生祝いを奪われてしまうのである。意識がもどった楊志はもはやこれまでと逃亡する（第十六回）。これもまた視点を変えれば、こうした形で楊志と晁蓋らが出会い、彼らの間に接点が生じたともいえる。

逃亡中の楊志はやがて魯智深と出会い、たちまち一騎打ちになるが、相手が誰かわかった瞬間に意気投合し、力を合わせて山賊の拠点二龍山《にりゅうざん》を奪取し、拠点としたのだった（第十七回）。ちなみに、先に述べたとおり魯智深と楊志はともに林冲と深い関わりがある。ここに、出会いが出会いを呼ぶ関係性の物語としての『水滸伝』の緻密な構造がうかがえる。

魯智深と楊志が拠点を確保した後ほどなく、誕生祝い強奪に成功した晁蓋グループにも手が回り一網打尽になりかけるが、辛うじて脱出、梁山泊に逃げ込む。しかし、またも王倫が受け入れに難色を示し、いらだった林冲が王倫を殺害する。林冲が先んじて梁山泊入りしていたという伏線が、ここでみごとに生きてくるのである。こうして林冲が王倫を排除した結果、晁蓋をリーダーとする原梁山泊軍団ができあがることになる（第十九回）。

晁蓋の事件はさまざまな波紋をよんだ。県の小役人だった宋江《そうこう》は晁蓋らの逃亡に一役買ったが、これが尾を引き、悪女の閻婆惜《えんばしゃく》を殺害する羽目になってしまう。追っ手をふりきり逃亡の旅に出た宋江は、まずかの太っ腹な侠、柴進の屋敷に身を寄せた。表社会からこぼれ落ちた豪傑たちを受け入れる解放空間である柴進の屋敷が出会いの場となり、ここで宋江は「行者《ぎょうじゃ》」武松《ぶしょう》と出会い、義兄弟の契りを結ぶのである（第二十三回）。

やがて武松は宋江と別れて、帰郷の途につくが、途中で猛虎を素手で殴り殺して勇名をとどろかせ、故郷の隣県で都頭《ととう》（警察部隊の隊長）に任用され、兄の武大《ぶだい》と再会する。やがて兄嫁の妖艶な悪女潘金蓮《はんきんれん》が不倫相手の薬屋西門慶《せいもんけい》と共謀して兄を殺害したことに激怒し、彼らを惨殺して自首、孟《もう》州に流刑となる。さらに武松は流刑地で邪悪な地方長官らに陥れられたため、堪忍袋の緒が切れ、凄絶な大量殺人事件をおこして、これまた逃亡するに至る。途中で宋江と再会し、同行を勧められるが、けっきょく武松は二龍山に向かい、魯智深や楊志とともにこの山に依拠するのである（第三十二回）。

二龍山に依拠した彼らもその後、梁山泊入りするのだが、ここで魯智深と楊志が林冲と関わりのあること、また楊志が晁蓋と深い因縁のあること、武松が宋江と義兄弟であることなど、三人がそれぞれ梁山泊の主要メンバーと深い縁《えにし》の糸に

柴進の屋敷の廊下で武松が宋江に殴りかかったのが二人の最初の出会い。その後の酒席では三人が席を譲り合う（『水滸伝』より）

結ばれていることが、重要な伏線となっているのはいうまでもない。これだけを見ても、『水滸伝』の物語世界が豪傑たちの絶妙の出会いと周到に張りめぐらされた伏線によって、有機的に展開されていることが、如実に見てとれる。もっとも、この感嘆すべき巧緻な語り口は、『水滸伝』前半に顕著であり、後半に入り、巨大化した梁山泊が豪傑たちを次々に受け入れる吸収装置となるにつれて、しだいに影をひそめてゆく。長篇小説の習いとはいえ、残念というほかない。

『水滸伝』の時間

『水滸伝』の物語世界は、地底に封じ込められていた百八人の魔王が、解き放たれるところから開幕する。第一回の記すところによれば、北宋《ほくそう》第四代皇帝仁宗《じんそう》（一〇二二〜一〇六三在位）の嘉祐《かゆう》三年（一〇五八）、首都開封《かいほう》で疫病が大流行したため、仁宗は大将軍の洪信《こうしん》を信州龍虎山《りゅうこざん》の上清宮に派遣し、法主《ほっす》の嗣漢《しかん》天師（張真人《ちょうしんじん》）に、開封に出向いて疫病払いの祈禱をするよう申しつけることにした。

かくして洪信は龍虎山に到着し、いろいろいきさつはあったものの、天師はただちに鶴に引かせた雲に乗って開封に向かい、洪信のお役目は果たされた。すっかり気をよくした洪信は龍虎山の数々の社殿を見物してまわるうち、「伏魔《ふくま》の殿」という額のかかった社殿に出くわす。はるか昔、魔王を封じ込めた祠だと聞くや、洪信は道士たちの制止を振り切って、祠を開けさせ、石板の下を掘り起こさせた。すると、なんとも奇怪な情景が目前に繰り広げられた。

「……見れば、石板の下はなんと深さ一万丈ほどの洞窟だった。そのとき、洞窟のなかからガラガラという響きがしたが、その響きときたら、ただごとならぬもの凄さであった。（中略）その響きが鳴りわたったとき、見るとひと筋の黒煙が洞窟のなかから沸きおこって、祠の角半分を吹きとばした。その黒煙はまっすぐ中空まで吹きあがり、空中で幾十幾百の金色の光となって散り、四方八方へと消えていった」（第一回）

こうして天空に飛び散った百八人の魔王たちが転生し、次々に地上に姿をあらわすのは、それから約四十年後、第八代皇帝徽宗（一一〇〇～一一二五在位）が即位した直後からである。このように物語世界開幕の時間がほぼ確定されるとともに、その閉幕の時間もおおよそ特定できる。すなわち、梁山泊軍団が招安《しょうあん》された後、勝利は得たものの壊滅的打撃をうけた「方臘《ほうろう》征伐」、すなわち史実における方臘の乱が、北宋滅亡直前の宣和《せんわ》二年（一一二〇）から三年にかけて起こっており、これを考え合わせれば見当がつくのである。

こうしてみると、『水滸伝』の大枠としての物語時間は、徽宗の即位した時点から方臘の乱が終結した時点までの約二十年間ということになる。梁山泊軍団に焦点を合わせると、晁蓋《ちょうがい》をリーダーとする原梁山泊軍団の成立までに数年かかったとして、その実質的な活躍期間はだいたい十数年ということになるだろう。もっとも、『水滸伝』の展開のなかでは、おりおりの祝祭日などの記載はあるものの、正確な年月はまったく記されておらず、順を追って、時間の推移を把握することはむずかしい。

さらにまた、百八人の豪傑が十数年から二十年におよぶ時の流れにさらされながら、まったく老いることがないのも、不思議な話である。美貌の女将扈三娘《じょしょうこさんじょう》やいなせな色男の燕青《えんせい》などは初登場の時点では、まだ若いイメージがあるが、大部分の豪傑たちは初登場の時点では三十代の壮年だと推定される。これは、封じ込められた百八人の魔王が解き放たれた四十年前の時点から、しばらく間をおいて一人、また一人と、転生したとすれば、話は合う。意気盛んな三十代の壮年期に初登場した豪傑たちも、以来二十年近くもたてば、こぞって五十代後半の老境に達するはずだ。にもかかわらず、これがまったく年をとらず、どう見ても壮年のままなのである。

たとえば、最強の猛者李逵《もさりき》は初登場（第三十八回）のときから大暴れだが、刑場に連行された宋江《そうこう》と戴宗《たいそう》を救出すべく、二丁のまさかりをふりかざして当たるを幸いなぎ倒したり（第四十回）、後半に入り、招安の勅書の居丈高な内容に激怒して、勅書を粉々に引き裂き、使者を張り倒したり（第七十五回）、四悪人の差し金で毒酒を飲まされた宋江が、李逵を呼び寄せたとき、「謀反しようぜ」と言い放つなど、最後まで烈々たる反逆精神を燃やしつづけ、心身ともにまったく変化も衰えも見せず、荒ぶる壮年の神さながらである。

もっとも、水滸伝世界においても、豪傑の老年に言及した叙述がないわけではない。虎退治で名を馳せた豪傑武松《ぶしょう》のケースがそうだ。方臘との戦いで重傷を負った武松は魯智深《ろちしん》が大往生を遂げた後も、開封にもどらず、杭《こう》州の六和寺《りくわじ》に留まり出家して、その後、八十になってめでたく往生したとされる（第九十九回）。しかし、これもまた武松がどのくらいの歳月を六和寺で過ごしたか、記されておら

黒旋風李逵も最後まで若々しさと潔さを失わなかった
（横山光輝著『水滸伝』より）

ず、壮年からいきなり最晩年に話が飛んだという印象がつよい。

　このように、水滸伝世界では、登場人物が年をとらないのに比べて、史実に依拠する『三国志演義』では大きく様相を異にする。『演義』世界において、登場人物の年齢は若武者から老将まで多種多様であり、また、趙雲《ちょううん》のように、初登場（第七回）の時点では二十歳そこそこの若武者だが、長い物語時間のなかで老いてゆき、諸葛亮《しょかつりょう》の第一次北伐のさい、諸葛亮の制止をふりきって戦場に出たときは、七十歳の老将となっていたという例もある。この最後の戦いにおいても、趙雲は撤退戦のなかで自軍を統率し、一人一騎失うことなく帰還して、あっぱれベテラン老将の鮮やかな手並みを見せつけたのだった（第九十六回）。

　こうして『演義』では、物語時間の経過とともに、登場人物も老い変化してゆくが、水滸伝世界においては、百八人の豪傑は老いも変化もせず、いつまでも血気盛んな壮年として存在しつづける。これは、彼らがもともと百八人の魔王という超現実な存在として設定されていることによると思われる。

　超現実的な存在である彼らは、そもそも現実的時間の浸蝕をうけつけない神話的時間のなかに生きており、変化もしなければ老化もしないのだ。『水滸伝』の時間は、不滅不老の百八人の魔王あるいは魔神が獅子奮迅の活躍を演じる神話的時間にほかならないのである。

俠の精神

俠の精神の最大のポイントは、これぞと見込んだ相手と、けっして裏切り裏切られることのない絶対的な信頼関係を結び、これを最後まで持続させることにある。こうした信頼関係のもとに、彼らは「義を見て為《な》さざるは勇無き也（自分が着手するのが義務であると思われることに直面しながら、すすんでやらないのは勇気がない人間だ）」（『論語』為政篇）をモットーに、弱きを助け強きを挫き、「天に替わって道を行う」ことをめざす。

こうした俠の精神を体現した梁山泊《りょうざんぱく》百八人の豪傑、すなわち俠者が活躍したのは、北宋末、蔡京《さいけい》、楊戩《ようせん》、高俅《こうきゅう》、童貫《どうかん》の四悪人が徽宗《きそう》にとりいって権勢をふるい、政局は大混乱に陥り、社会不安が深刻化した時代だった。この不穏な時代に、魔王から転生した彼らは強力な俠者軍団を組織し、理不尽な強者に立ち向かって鉄槌をくだし、腐敗した権力体制に果敢に挑戦しつづけた。

水滸伝世界の百八人の俠者は、扈三娘《こさんじょう》、顧大嫂《こだいそう》、孫二娘《そんじじょう》の三人を除き、すべて男性であり、これは基本的に「男の世界の物語」にほかならない。したがって当然のことながら、ここでは男同士の信頼関係が何より重視される。

これと関連して、水滸伝世界の女性観は過度に潔癖であり、女性嫌悪に近いといっても過言ではない。すでに別の回でとりあげたように、登場人物と深く絡む女性には、武松《ぶしょう》の兄嫁潘金蓮《はんきんれん》、宋江《そうこう》と関わる閻婆惜《えんばしゃく》、盧俊義《ろしゅんぎ》の妻賈《か》氏等々、そろいもそろって、したたかな悪女であり、彼女たちを制裁、排除することが正義だとされるのも、水滸伝世界のこうした女性観を裏書きするものだといえよう。

さらにまた、大共同体となった梁山泊には、妻子ともども仲間入りする者もふえてゆくが、ほとんどの主要メンバーに妻子のいる気配はない。二代目リーダーの宋江には老父と弟がおり、ともに梁山泊入りしているが、閻婆惜殺しの一件から明らかなように、もともと女性には興味がないとおぼしい。初代リーダーの晁《ちょう》蓋《がい》、軍師の呉用《ごよう》、魔術師の公孫勝《こうそんしょう》、快足の戴宗《たいそう》、暴れ者の李逵《りき》、快男児の魯智深《ろちしん》、虎退治の武松、さらにはいなせな色男の燕青《えんせい》も、まったく女性に無関心であり、周辺に特定の女性の影さえない。

たとえば、魯智深は娘芸人の金翠蓮《きんすいれん》とその父が肉屋の鄭《てい》にひどい目にあっているのを見かね、鄭を殴り殺したことによって凶状持ちになるが、これは純粋な義侠心によるものであり、けっして金翠蓮に女性として関心をもったわけではない。さらに極端なのは李逵である。李逵は独龍岡《どくりゅうこう》戦争のさい、宋江が捕虜にした扈三娘に関心があると誤解し、大暴れする体たらくだった。

つまるところ、水滸伝世界には、女性的なるものはすべからく悪であり、豪傑たる者はすがすがしい単独者であるべきだという潔癖な倫理観が厳として存在するといえよう。そうしたなかで、ただ一人、好色漢とされる王矮虎《おうわいこ》（王英《おうえい》）も、自分を上回る武勇の持ち主である美貌の女将《じょしょう》扈三娘と結婚後は、すっかり身持ちがよくなり、けっきょく水滸伝世界の倫理観に適合した存在となるのである。

こうして男同士の信義を最重視し、潔癖な倫理観の貫徹する水滸伝世界と比べると、『水滸伝』にヒントを得て生まれた長篇小説『金瓶梅』の物語世界はまったく対照的というほかない。ここに展開されるのは水滸伝世界がきっぱり捨象した欲望の渦巻く世界であり、色と欲にまみれた男女の姿が描き尽くされるのだ。

もっとも水滸伝世界においても、あらゆる女性が否定されるわけではない。扈三娘をはじめとする三人の女将は剛勇無双、ほとんど男性といっていい別格的存在だが、このほかにも愛情や崇拝の対象となる女性像はたしかに存在する。その一つは母なる存在である。

たとえば、魔術師の公孫勝は老母に孝行したいと、梁山泊を離れて帰郷し、なかなか戻ってこないし、女性嫌悪の傾向のつよい李逵も母には執着し、宋江が父を梁山泊に引き取ったのが羨ましくてならず、自分も老母を梁山泊に連れてきて、楽をさせてやりたいと言いだす。かくして、李逵がまた事件を起こすことを恐れて、宋江が反対すると、「哥哥《ガガ》（あにき）、あんたも身勝手な人だ。自分のおやじは、山へ迎えとって楽な目をさせながら、わしのおふくろは勝手に村で苦労しろというのか」（第四十二回）と、その痛いところをつき、反対を押し切って故郷まで迎えにゆく。しかし、けっきょく梁山泊にもどる途中、母は虎に食べられ、李逵のせっかくの思いやりも水泡に帰してしまうのだけれども。

また、宋江が絶体絶命の危機になるたびに出現し、彼を救済する女神の九天玄《きゅうてんげん》女《にょ》も大いなる女性にほかならない。この宋江の守護の女神、九天玄女のイメージは、もともと『水滸伝』に先行し、やはり長篇講釈を母胎とする『西遊記』において、西天取経《さいてんしゅきょう》の旅をつづける三蔵法師《さんぞうほうし》一行が、次々に妖怪変化に出くわし、あわやという場面になると登場する救いの女神、観音菩薩のイメージと共通するものである。

せんじつめれば、水滸伝の豪傑たちが潔癖に忌避するのは、セクシュアルな対象としての女性であり、いわば特権的な存在である母も女神も女性のうちに入らないともいえよう。

特権的な女性像に対して、精神的な愛情や憧憬を抱きながら、わずらわしい欲望を否定して、あくまでも単独者でありつづけ、男同士の信義に生きる水滸伝世界の侠者の姿は、彼らの物語に喝采を送る聴衆や読者にとって爽快そのものである。潔癖な侠者の思いきりよく、さっぱりした生の軌跡は、現実のしがらみに縛

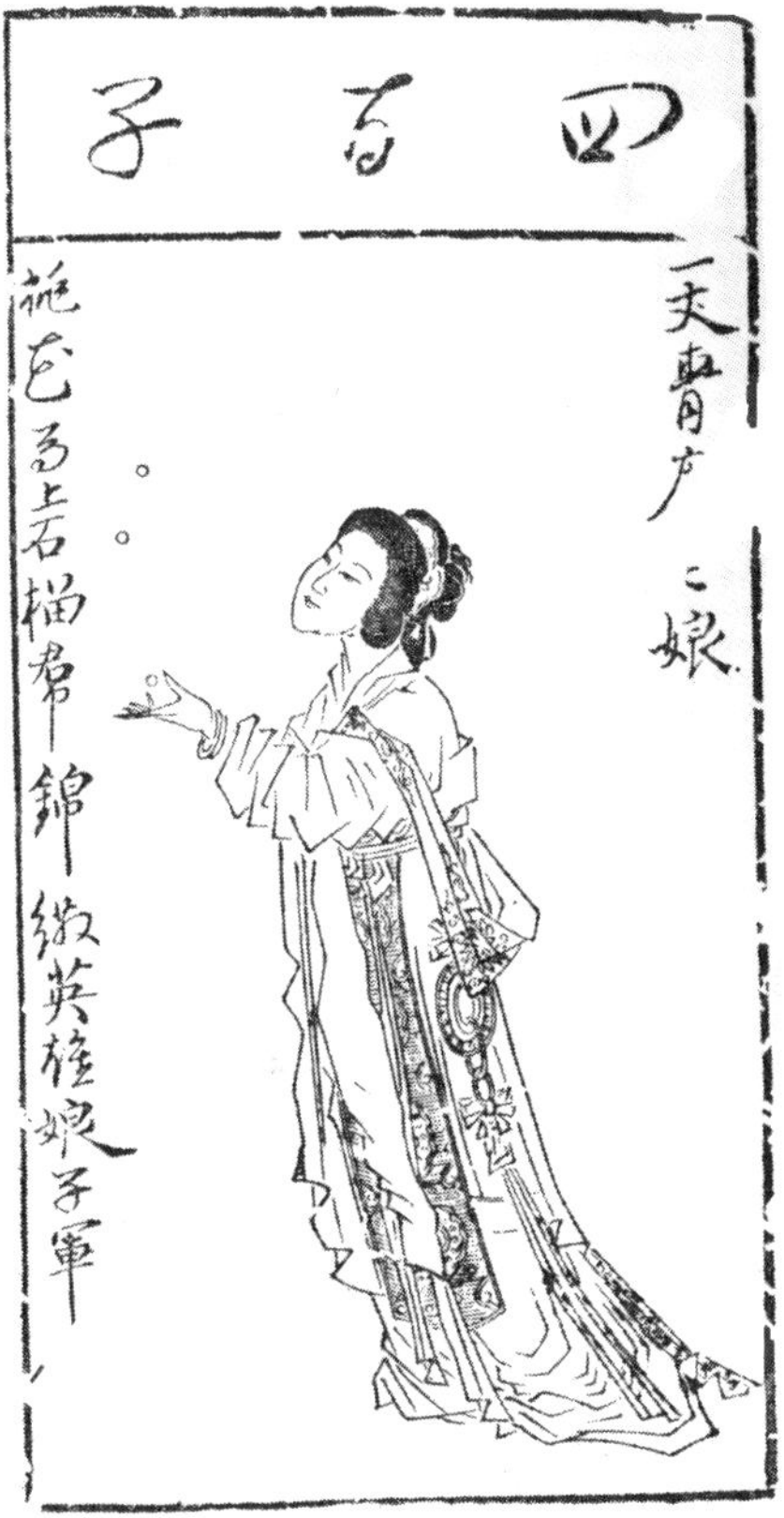

一丈青扈三娘は名家のお嬢様出身でありながら武勇に優れ、二刀流の使い手。さらに生まれつきの美人だった（「水滸葉子」より）

られた聴衆や読者に、見果てぬ夢をみるような充足感を覚えさせる。その意味で、『水滸伝』は現実の地平を超えて、こんなふうに生きられたらと願う人々の夢をかなえる、願望充足の物語なのである。

水滸語りと水滸劇

『水滸伝』が白話《はくわ》長篇小説として完成したのは、『三国志演義』とほぼ同時期、十四世紀中頃の元《げん》末明初とみられる。しかし、『水滸伝』は長らく写本のかたちで伝わり、現存する最古のテキスト（百回本）が刊行されたのは、完成後二百年余りも経過した、明末の万暦《ばんれき》年間（一五七三～一六二〇）であった。

以来、『水滸伝』の人気は大いに高まったが、意識的な知識人士大夫に評価されるようになったのは、彼らが傾倒した変革の思想家李卓吾《りたくご》（一五二七～一六〇二）の影響が大きい。李卓吾は、すぐれた文章表現は「童心（まごころ）」から発し、各時代が生み出した文学ジャンルにおいて開花するものだとして、六経《りくけい》（易、書、詩、礼、楽《がく》、春秋）などの古典をひたすら持ち上げる態度を批判し、従来、軽視されてきた白話長篇小説『水滸伝』や戯曲『西廂記《せいしょうき》』を高く評価した。

李卓吾に見られるこうした画期的な文学価値転換の姿勢に共鳴した人々は、『水滸伝』を愛読し、さらに『水滸伝』に題材をとった講釈、すなわち「水滸語り」に耳を傾けた。ちなみに、『水滸伝』の刊行後も、水滸語りは盛行し、これを得意とする名講釈師が人気を博したのだった。

李卓吾に師事した明末の詩人袁宏道《えんこうどう》（一五六八〜一六一〇）は、五言律詩「朱生《しゅせい》の水滸伝を説くを聴く」で、そんな名講釈師の一人だった無錫《むしゃく》の朱生について、こう歌っている。

少年工諧謔　　少年より諧謔《かいぎゃく》に工《たくみ》にして
頗溺滑稽伝　　頗《すこぶ》る滑稽伝《こっけいでん》に溺《おぼ》る
後来読水滸　　後来《こうらい》　水滸を読むに
文字益奇変　　文字　益《ます》ます奇変《きへん》なり
六経非至文　　六経も至文《しぶん》に非《あら》ず
馬遷失組練　　馬遷《ばせん》　組練《それん》を失う

一雨快西風　一雨《いちう》　西風《せいふう》快《こころよ》し
聴君酣舌戦　君の舌戦《ぜっせん》　酣《たけなわ》なるを聴かん

「子どものときから冗談がうまく、「滑稽列伝」（司馬遷著『史記』に収める）にはかなり夢中になった。その後、『水滸伝』を読むと、表現がいっそう奇抜で風変わりだった。六経など天下の最高の文章ではなく、司馬遷もお手上げというところだ。ひと雨ふって西風も心地よい。きみ（朱生を指す）の講釈のヤマ場を聞きに行こう」

司馬遷の「滑稽列伝」より『水滸伝』のほうが興趣あふれると断言し、さてヤマ場の水滸語りを聴きに行こうと、弾んだ調子で歌い綴る、まことに面白い詩であり、当時の水滸語りの盛況が彷彿とする。

さらにまた、明末に水滸語りのナンバーワンと目されたのは柳敬亭《りゅうけいてい》（一五八七〜一六六六以降）という名講釈師だった。彼は政治意識も高く、明滅亡後の反清運動で重要な役割を果たしたことでも知られる。明末の文人張岱《ちょうたい》（一五九七〜一六八八九?）はその随筆『陶庵夢憶《とうあんむおく》』の「柳敬亭の説書」（同書巻五）において、柳敬亭の水滸語りについて次のように記している。

「……私は柳敬亭が『景陽岡《けいようこう》にて武松　虎を打つ』を語るのを聴いたことがあるが、『水滸伝』の本文とは大いに異なっていた。その描写はきめこまかく、微に入り細を穿っていたが、補い方や省略の仕方がすっきりしており、まったくくどくない。巨鐘（大鐘）のような大音声で、話が要所にくると叱咤絶叫し、ゴーゴーと屋根も崩さんばかりになる。武松《ぶしょう》が店に入ってきて酒を注文しようとすると、誰もおらず、オーイと怒鳴ると、店中の空の酒ガメがウォンウォンと反響する。そんななぐあいに何でもないところに色をつけて、実に細かいのだ（以下略）」

『水滸伝』第二十三回の場面だが、柳敬亭の語りのような描写はなく、聴衆の気分を盛り上げるべく、脚色を加え話術を駆使して臨場感を高めているさまが、読みとれる叙述である。

明末清初は退廃した明王朝が滅亡の坂を転がり落ち、やがて満州族の清王朝が中国全土を支配した転換期だった。この時代において、北宋《ほくそう》末の混乱期に百八人

劇や芝居での名場面を彷彿とさせる木版画に描かれた「景陽崗武松打虎」。作者の熱い思いが伝わってくる

の豪傑が「替天行道」のスローガンを掲げ、果敢な戦いを繰り広げた『水滸伝』の物語世界が知識人士大夫の心をとらえ、水滸語りに魅了されたのも深い因果関係があったといえよう。ちなみに、柳敬亭の語りを活写した張岱もまた新たな支配者清に屈服せず、生涯、明の遺民として生きた人である。また、北宋を滅ぼした女真《じょしん》族（金王朝）はもともと満州族と同じ民族であり、ますます以て因縁が深い。

このように、長らく水滸語りが受け継がれたのに対し、戯曲、芝居に目を転じれば、いわゆる水滸劇も、元曲（元代の戯曲）から、明清の伝奇（長篇戯曲）をへて、近現代の京劇や地方劇に至るまで、膨大な戯曲が著され、連綿と演じられつづけてきた。元曲の水滸劇はすでに劇本（台本）が失われたものも多いが、その演目は三十種以上にのぼる。これらの作品では、暴れ者の李逵《りき》を主人公としたものが多く、梁山泊《りょうざんぱく》があった山東出身の元曲作家高文秀《こうぶんしゅう》は李逵を中心とした九種もの作品を著している。李逵以外では、武松《ぶしょう》、魯智深《ろちしん》、燕青《えんせい》、楊雄《ようゆう》等々、水滸伝世界の魅力的な豪傑を主人公とした作品がめだつ。『水滸伝』が白話長篇小説としてまとめられる段階において、これら元曲の水滸劇から取り入れられた名場面や描写もかなりあったと推定される。

付言すれば、京劇においても水滸劇は重要な分野を占め、『水滸伝』をもとにしつつ、改編を加えた演目が七十種以上もある。これらの演目のうちには、現在も繰り返し上演されているものも少なくない。『水滸伝』はこうして小説のみならず、講釈や戯曲のジャンルにおいても繰り返しとりあげられ、時代を超えて人々の心をとらえ、輝きを放ちつづけてきたのである。

『水滸伝』と他の白話長篇小説

中国の五大白話《はくわ》長篇小説、『三国志演義』『西遊記』『水滸伝』『金瓶梅《きんぺいばい》』『紅楼《こうろう》夢《む》』のうち、『演義』『西遊記』『水滸伝』の三作は宋《そう》代から元《げん》代にかけて、町の盛り場で講釈師が聴衆を前にして語った連続長篇講釈を母胎とする作品である。これらの作品はいずれも初回から最終回まで、一回ずつ区切りながら回を連ね、話を進めてゆく「章回《しょうかい》小説」のスタイルをとる。各回の末尾には必ず「且《しばら》く下文の分解《ときあかし》を聴け（まずは次回の分解をお聞きください）」という決まり文句が置かれ、これを受けて次の回が始まる仕組みなのである。これはいうまでもなく、「またのご来場をお待ちします」という講釈師の口調を真似たものである。この章回小説の形式は、その後、単独の著者によって書かれた『金瓶梅』や『紅楼夢』にも受け継がれ、中国古典白話長篇小説に共通する特徴となる。

同じく長篇講釈から生まれたとはいえ、『演義』は後漢末から三国時代の史実を踏まえた歴史小説であり、『西遊記』も実在した唐代の高僧、玄奘《げんじょう》（三蔵法師）の西天取経《さいてんしゅきょう》（天竺《てんじく》すなわちインドへの仏典収集の旅）のいきさつに、怪物サル孫悟空《そんごくう》の物語を組み込み、大いなる幻想小説に仕立てたものである。これに対して、北宋末の混乱期を舞台に、百八人の豪傑の「天に替わって道を行う」の大活躍を描く『水滸伝』は、物語時間と重なる北宋末から講釈の世界でとりあげられたとおぼしく、いわば当時の「現代物」であった。

こうしてみると、北宋以前から何らかの形で民間芸能の世界において語られてきた『演義』や『西遊記』に比べて、『水滸伝』は後発であり、したがって先行する二作から、陰に陽に影響を受けながら形づくられてきた。それがもっとも顕著にうかがえるのは、物語世界の枠組みのとりかたである。

たとえば、『西遊記』では、中心人物の三蔵法師、従者の孫悟空、猪八戒《ちょはっかい》、沙《さ》悟浄《ごじょう》は、すべて天界からの追放者であり、下界において罪業を償うべく苦難にみちた旅をつづけ、めでたく天界に回帰するという、物語展開になっている。さらに、孫悟空の場合は天界から追放されたのみならず、五百年もの間、五行山《ごぎょうざん》の地底に閉じこめられていたとされる。

『水滸伝』では、梁山泊《りょうざんぱく》に集った百八人の豪傑はもともと百八人の魔王であり、数百年もの間、龍虎山《りゅうこざん》の深い洞窟の地底に封じこめられていた。この魔王たちがある日解き放たれ、天空の彼方に飛び散るが、やがて下界において再生し、百八人の豪傑となって梁山泊に集結する。このように地底に封じこめられていた魔王が解放され、梁山泊の豪傑になったとする『水滸伝』の設定と、五行山の地底に封じこめられていた孫悟空が解放され、三蔵法師のお供をして西天取経の旅をするという『西遊記』の設定は明らかに共通性がある。

長篇小説化された『演義』にはこの枠組みが見られないが、『演義』に先行する講釈師のタネ本、『新全相三国志平話《しんぜんそうさんごくしへいわ》』には入話《まくら》として、冥界でおこなわれた裁判の結果、被告である前漢の高祖《こうそ》（劉邦《りゅうほう》）と妻の呂后《りょこう》、原告である創業の功臣、韓信《かんしん》、彭越《ほうえつ》、英布《えいふ》、および証人の蒯通《かいとう》を下界にくだし、三国時代の主要人物に生まれ変わらせる英雄転生譚が置かれている。語り物の三国志ではおそらくこうした枠組みが広く用いられていたのであろう。
つまるところ、『水滸伝』は先行する『演義』や『西遊記』から、天界や地底など異界に身を置く者が、何らかの理由で下界にくだり、波瀾万丈の経験を経たのち、ふたたび異界に帰ってゆく、という物語世界の大きな枠組みを受け継いだのである。付言すれば、十八世紀中頃の清代中期に著された『紅楼夢』も、こうした中国の長篇小説の枠組みの伝統的なパターンを意識的に踏まえながら、精緻な物語世界を構築している。

さらにまた、『演義』や『西遊記』では、前者は張飛《ちょうひ》、後者は孫悟空《そんごくう》といった八方破れの登場人物が縦横無尽に大暴れし、物語世界を揺さぶる重要な役割を担う。こうしためっぽう強く、しかも滑稽なキャラクターは語り物の世界において、聴衆の喝采を浴びた人気者だった。『水滸伝』もまたこうした先行作品の物語文法を踏襲し、豪傑中の豪傑でありながら、底抜けに愚かで滑稽な李逵《りき》に大活躍させ、物語世界をざわめかせるのである。

このようにして、『水滸伝』は先行する『演義』や『西遊記』から多くのヒントを得て、豊饒な物語世界を作りあげたが、その一方で、中国の白話長篇小説が次なる段階に飛躍するための糸口ともなった。十六世紀末の明末に誕生した『金瓶梅』は、『演義』『西遊記』『水滸伝』が北宋以来の語り物を母胎として集大成されたのとは異なり、単独の著者によって構想され著された最初の長篇小説である。

『金瓶梅』は中国白話長篇小説が「語られたもの」から「書かれたもの」へ、大転換を遂げた記念碑ともいうべき巨篇なのだが、この大転換にさいし、『金瓶梅』の作者は『水滸伝』の挿話を踏み台にして、新たな物語世界を展開するという瞠目すべき手法をとった。踏み台としたのは、『水滸伝』の第二十三回から第二十七回まで、五回にわたって描かれる、虎退治で勇名を馳せた豪傑武松《ぶしょう》が、不倫を犯し実兄の武大《ぶだい》を殺害した兄嫁の潘金蓮《はんきんれん》と、その不倫相手の西門慶《せいもんけい》を血祭りにあげた事件である。『金瓶梅』の作者はこの事件に着目し、もしこのとき潘金蓮と西門慶が殺されなかったらという仮定にもとづいて、新たな物語世界を構築した。こうして幕を開けた『金瓶梅』の物語世界では、『水滸伝』においてあっ

『金瓶梅』での西門慶と潘金蓮は『水滸伝』のように武松に殺されず、茶房などで密会をして愛欲にふける（『金瓶梅』より）

さり抹殺された不倫の男女、西門慶と潘金蓮がふてぶてしく生きのび、彼らを中心に色と欲に狂う、錯綜した人間関係、男女関係が執拗に描かれる。これはまさに、語られるべき内容ではなく、書かれるべき内容である。五大白話長篇小説の掉尾を飾る『紅楼夢』は、この『金瓶梅』を踏み台としながら、これを徹底的に浄化し、精緻きわまりない物語世界を構築した傑作にほかならない。

こうして見ると、『水滸伝』は語り物から生まれた『演義』や『西遊記』を受け継ぎ、中国白話長篇小説が次なる段階である「書かれたもの」としての、『金瓶梅』や『紅楼夢』へ飛翔するための架橋となった稀有の作品だといえよう。

水滸伝関連地図

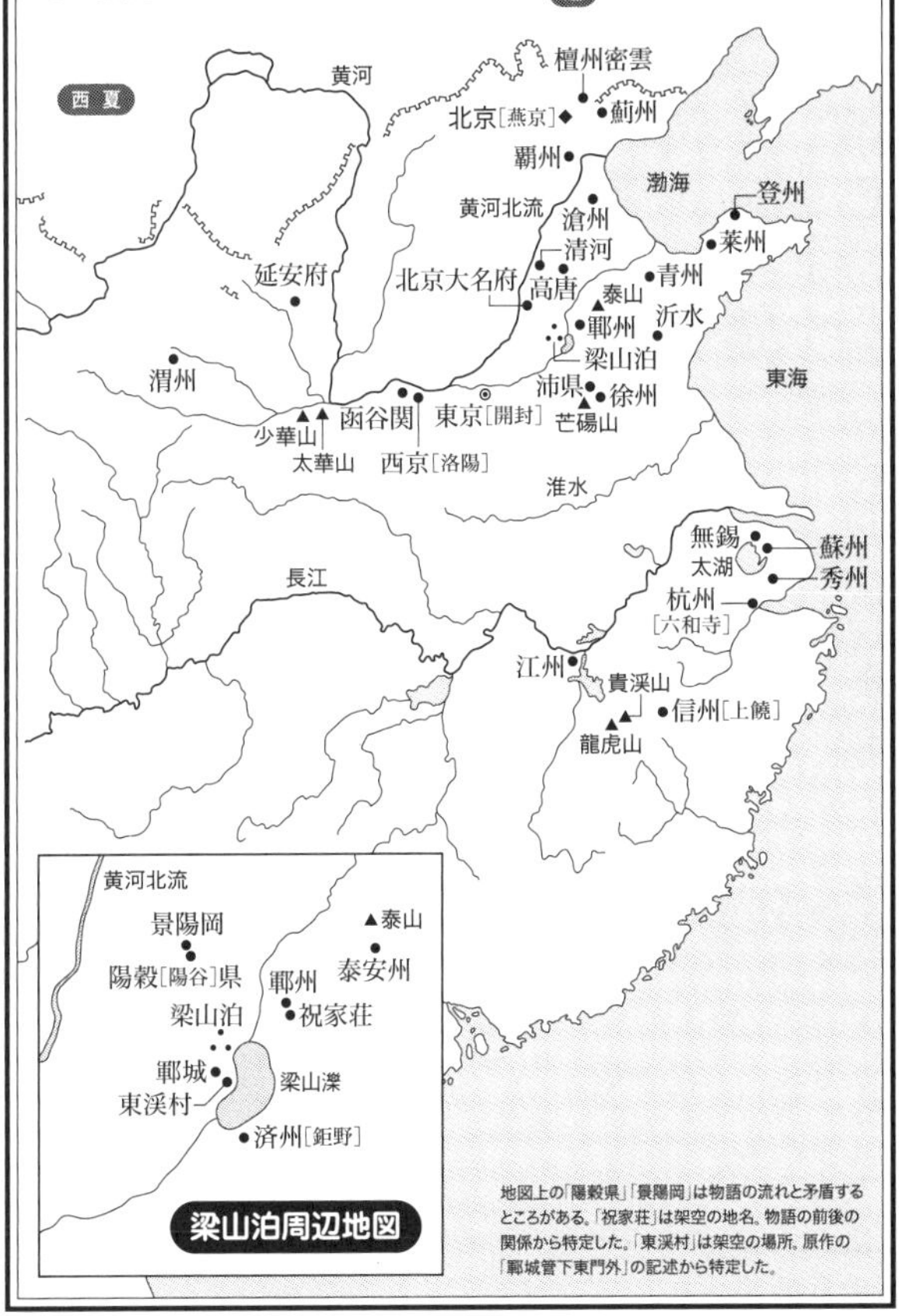

地図上の「陽穀県」「景陽岡」は物語の流れと矛盾するところがある。「祝家荘」は架空の地名。物語の前後の関係から特定した。「東渓村」は架空の場所。原作の「鄆城管下東門外」の記述から特定した。

あとがき

本書『水滸縦横談』はタイトルのとおり、『水滸伝』の物語世界を多様な角度からとらえ、その波瀾万丈、起伏に富んだ物語展開の妙味を探ったものである。本書の構成は、第一章「豪傑たち」をめぐって、第二章「梁山泊」をめぐって、第三章『水滸伝』の魅力をめぐって、の三章仕立てとなっている。

第一章には、豪傑と酒、女将と悪女、快足と刺青、あだ名、親孝行、豪傑兄弟、魔術師、予言、トリックスター、かくまう侠、特技、一騎打ち、武器、祝祭・盛り場、徽宗と四悪人、徽宗と妓女、のつごう十六話を収める。こうして『水滸伝』に登場する百八人の豪傑それぞれのユニークな持ち味、あだ名、特技、武器等々から、物語世界の背景をなす北宋末の時代状況に至るまで、自在にスポットを当てることにより、『水滸伝』の躍動する物語世界を、臨場感をもって読みとっていただければと思う。

第二章には、梁山泊のリーダー、梁山泊の軍師―呉用、山の砦、物騒な居酒屋、梁山泊入りのさまざまな形、梁山泊の役割分担、招安について、豪傑たちの退場、梁山泊の戦い(1)、梁山泊の戦い(2)、のつごう十話を収める。ここでは、百八人の豪傑が次々に根拠地の梁山泊に入り、幾多の戦いを経て梁山泊が堂々たる反権力集団の大拠点、大共同体に成長し、クライマックスに達した後、招安(朝廷に帰順すること)され、豪傑たちがこぞって梁山泊を離れ官軍に組み込まれたあげく、ついに壊滅に至る過程を多様な視点からたどった。梁山泊軍団の栄光と挫折のドラマを、具体的に読みとっていただければと思う。

第三章には、出会いと伏線、『水滸伝』の時間、俠の精神、水滸語りと水滸劇、『水滸伝』と他の白話長篇小説、の五話を収める。ここでは、『水滸伝』の物語展開(語り口)の特色、『水滸伝』の物語世界を貫く基本精神、およびその文学史的な流れにおける位置づけ等々を、巨視的にたどることに重点をおいた。白話長篇小説『水滸伝』の作品としての独自性や後世に与えた影響の大きさを、ここに見てとっていただければと思う。

以上のように多様な角度から『水滸伝』を読み解き、三十一話を書きつづっているうちに、この『水滸伝』という作品が、いかに綿密に組み立てられているか、あらためて実感し、感嘆することしきりであった。緻密な構成にもとづいた上で、これほど破天荒な面白さを醸しだす小説は、めったにないと思われる。本書を通じて、『水滸伝』のそんな稀有の魅力を感じとっていただければ幸いである。

本書はもともと横山光輝著・決定版『水滸伝』（全六巻、二〇一一年三月〜八月、潮出版社）の巻末に六回（序章に相当する「『水滸伝』について」を含む）にわたって連載した「水滸縦横談」、および潮出版社ウェブマガジンに二十六回分を連載した「水滸縦横談」（二〇一一年十二月〜二〇一二年十二月）を合わせて成ったものである。このたび一冊の本にまとめるにあたり、明らかな誤植を訂正した以外、ほとんど手を加えなかったことを付記しておきたい。

長期にわたった連載中には、潮出版社コミック編集部の岡谷信明さんに、項目や図版の選定から編集構成に至るまで、たいへんお世話になった。また本書の出版にさいしては、出版部の北川達也さんにきめこまかくご配慮いただき、お世話になった。ここに岡谷さんと北川さんに心からお礼を申しあげたいと思う。

二〇一三年五月

井波律子

【解説】

宋代江南・都市文学の熱気

三浦雅士

井波律子が、中国の五大白話長篇小説、『三国志演義』『西遊記』『水滸伝』『金《きん》瓶梅《ぺいばい》』『紅楼夢《こうろうむ》』を取り上げて論じ、『中国の五大小説』上下巻（岩波新書）として刊行したのは、二〇〇八年から〇九年にかけてである。それに先立つ二〇〇二年から〇三年にかけて、『三国志演義』を訳しおろし、全七冊本としてちくま文庫から刊行している（現・講談社学術文庫）。また、二〇一七年から一八年にかけては、ほかならぬ『水滸伝』を訳しおろし、全五冊本として講談社学術文庫から刊行している。

いわば、中国の物語世界に入り浸っているようなものだが、この姿勢は初期から一貫していた。井波律子の一般読書人に向けた最初の仕事は一九八三年刊の

『中国人の機智《きち》――「世説新語《せせつしんご》」を中心として』（中公新書）である。『世説新語』は中国六朝時代の故事逸話を集めたものであり、いわばきわめて人間臭い物語集といっていい。この『世説新語』も、その翻訳注解を全五冊本として平凡社・東洋文庫から刊行している。二〇一三年から一四年にかけてである。

たいへんな仕事量である。感嘆せざるをえないが、より以上に、史実と虚構――つまり歴史と文学――をとりまぜて、歴史を生きる人間への関心の強さに驚く。

中国文学研究といえば、まず四書五経《ししょごきょう》に指を屈するが、これはいわば教科書のようなもの、それをのぞけば漢文、唐詩、宋詞がまず筆頭に挙げられるだろう。井波律子は京都大学の碩学《せきがく》・吉川幸次郎《よしかわこうじろう》（一九〇四年～八〇年）の最後の弟子のひとりだが、吉川が晩年、唐詩の核心ともいうべき杜甫《とほ》に集中し、同時に本居宣長《もとおりのりなが》に情熱を傾けたことを思えばいい。吉川が相手にしたのが純文学ならば、井波が相手にしたのは大衆文学ほどの開きがある。井波は『世説新語』からさらに人間臭い五大白話長篇小説の世界に入り込むわけだが、この長篇小説群は基本的に中国宋代を起点とするといっていい。

吉川自身、中国文学における宋代の重要性をしばしば語っている。宋代が中国文学史において重要なのは、印刷術の発達によって読書が一般に普及したことによる。いわば文学全集が刊行されるようになったのである。古今東西、文学全集とは古典の体系化である。中国古典といえば四書五経というのも、宋代屈指の思想家・朱子《しゅし》の創案である。宋代がそれ以前の中国史を体系化したようなものだ。その体系化を前提に以後も動くようになる。官僚の国家試験である科挙の出題範囲が決まったからである。

とはいえ、歴史的に見れば宋代は決して褒められた時代ではない。『水滸伝』に描かれた徽宗《きそう》を見るだけで十分である。胆力もなければ節操もない。為政者としては落第である。だが、無能な為政者が国家にとってマイナスとは限らないのは、有能な為政者が必ずしもプラスにならないのと同じである。

「人間は歴史を作るが思うようにではない」と言ったのはマルクスだが——そしてこの至言をマルクス自身に当てはめることをしなかったのがマルクスの欠陥に

ほかならなかったわけだが――、宋代は経済的、社会的に見れば、必ずしも悪い時代ではなかった。むしろ、有名な『清明上河図《せいめいじょうがず》』（本書「祝祭・盛り場」の章参照）が描き出した開封の様子に明らかなように、繁栄をきわめた時代だったのであり、マルコ・ポーロが目にして驚いたのは、同時代中国・元の富というよりは、むしろその前の宋代に築かれた富の豊かさだったのである。宋の都・開封が当時すなわち十世紀から十一世紀にかけて、世界最大の賑わいを見せていたことは疑う余地がない。

印刷物が一般読書人の手に渡るようになったのはこの富を前提にしてのことである。宋代中国は商品の流通とともに形成された鎮市《ちんし》、すなわち軍隊駐屯地を囲むようにして成立した市の街は、やがてそれぞれの地方の特産品まで生み出すにいたった。陶磁器で有名な景徳鎮《けいとくちん》などの名がすぐに思い浮かぶ。地方の特産品として国内のみならず国外にまで名を馳せるようになるのは明代、清代になってからであるにせよ、その萌芽が宋代にまでさかのぼることは疑いない。宋代は、江南を中心に経済的に大いに繁栄したのであり、その繁栄を基盤に芸術的、文化的にも大きく花開いたのである。

本書結びの章「『水滸伝』と他の白話長篇小説」に、井波は、『演義』『西遊記』『水滸伝』の三作は宋代から元代にかけて、町の盛り場で講釈師が聴衆を前にして語った連続長篇講釈を母胎とする作品である」と書いている。この「町の盛り場で講釈師が聴衆を前にして」語るという流儀が本格的に登場したのが宋代においてだったのである。都市の繁栄から生まれた街の盛り場が講釈師を生み、物語を育て、やがてそれが印刷され読まれるようにまでなったということである。

中国文化史の要は宋にあるとはいまでは一般的な説であって、吉川幸次郎に限らない。内藤湖南《ないとうこなん》（一八六六年～一九三四年）から宮崎市定《みやざきいちさだ》（一九〇一年～九五年）にいたる歴史家はみな同じ見地に立っている。東洋史における京都学派である。宮崎については、本書においても名著『水滸伝』（中公新書）が言及されているが、その中国史観の概略を知るには『東洋的近世』（中公文庫）のほうが役立つかもしれない。井波が京都大学に進んだのは一九六二年だから、吉川はむろんのこと、宮崎の謦咳《けいがい》にも接していたと思われる。その後の展開を見ると、井波は吉川以上に宮崎の影響を受けたのではないかという気もする。

宋代は九六〇年から一二七九年まで、ヨーロッパ史でいえば封建時代すなわち中世、日本史でいえば平安朝すなわち古代である。中国においてはその段階ですでに都市文明が定着し、大衆文化が花開いていたのであって、日本史でいえばその六百年後の江戸時代に相当する。十八世紀江戸は同時代のパリやロンドンに引けを取らない。とすれば、中国宋代は他に五百年先駆けて近世を実現していたことになる。『東洋的近世』の骨子である。

したがって、開封の繁栄を想像するに江戸を重ねるに如くはない。たとえば日本橋、浅草、吉原。十二世紀開封を描いた『清明上河図』に対応させて、十八世紀末日本橋の賑わいを描いた『熈代勝覧《きだいしょうらん》』を参観するのもいい。

江戸時代が日本人の性格を決めたのはいまも時代劇が映画テレビを賑わしていることに明らかである。同じことは中国人にもある程度はいえるだろう。宋代が『演義』『西遊記』を生み、『水滸伝』を育てたのである。その『水滸伝』の影響下に『金瓶梅』が、そして『紅楼夢』が書かれた。

井波は、『三国志演義』を講談社学術文庫に移すにあたって、その冒頭に新稿「はじめに」を付している。三世紀末、西晋、陳寿《ちんじゅ》の手になる史書『三国志』が書かれ、これを母胎に、それから千年以上も経た十四世紀中葉、すなわち元末・明初に、白話長篇小説『三国志演義』が羅貫中《らかんちゅう》によってまとめられた。その間、民間芸能の世界でいかに三国志物語が伝承されてきたかよく分からないが、宋代に入るやいなや、三国志物語の隆盛をうかがわせる明確な資料が登場するとして、井波はまずその第一に、北宋の大詩人・蘇東坡《そとうば》の『東坡志林《とうばしりん》』を挙げ、そこから、次の一節を自身の訳で引いている。

「町の子供は聞きわけがないので、親はもてあますと、そのたびに金をやり、講釈を聞きにやらせる。講釈師が三国のことを語る段になり、劉備《りゅうび》が負けたと聞くと、顔をしかめて涙を流す子もいるし、曹操《そうそう》が負けたと聞くと、大喜びして『やった！』と叫んだりする。」

井波はこの一節の後に、「この記述によって、蘇東坡の生きた十一世紀の北宋において、三国志語りが盛んに行われ、すでに町の子供まで劉備に肩入れし、曹操は敵役として憎まれていたことがわかる」と付している。

町っ子すなわち江戸っ子のようなもの。都市にはそういう作用があるとしかいいようがない。宋代に入っていわゆる町衆が生まれ、それが講釈師のような職業を可能にさせたということが、井波の引用からたやすく想像できる。『水滸伝』も同じような状況から生まれた。むろん、語られているのが北宋末期のことなのだから、語られたのは南宋においてだろう。いずれにせよ、江南諸都市の町衆の需要のもとに生まれた物語であることに変わりはない。井波訳『水滸伝』が伝えるのも、宋代に成立した江南諸都市の熱気のようなものである。首尾結構を整えるのが元代、明代、清代であるにせよ、物語の骨格が形成されたのは南宋においてだったことは間違いない。

私は長く『水滸伝』が苦手だった。物語も記述もあくどいからである。とくに人肉食が頻繁に話題にされるのには閉口した。

この印象はしかし、井波律子の夫君・井波陵一訳の『紅楼夢』を読んで変わった。『紅楼夢』は舞台を北京に設定しているが、雰囲気はあきらかに江南を思わせる。『紅楼夢』の主人公・賈宝玉《かほうぎょく》は作者・曹雪芹《そうせっきん》と重なり、書中の一家は実在の一家と重なる。曹一族が長く南京に根づき、その地を活躍の場としていたことはよく知られている。没落して北京に移った、あるいは、北京に移されて没落した。中国共産党にバックアップされ、大富豪になったところですべてを没収されるという二十一世紀の状況にそっくりである。

『紅楼夢』はしばしば男女関係の機微を扱った情の文学とされる。だが、読めば歴然としているが、むしろ文学についての文学であるといったほうがいい。たとえば、熟読すれば誰でも詩も詞も聯句《れんく》も書けるようになる、といったふうに出来上がっている。中国における詩歌の楽しみ方がじつに丹念に描かれている。そしてその詩歌と物語を包み込む空気の湿り気はといえば、私の印象では、北京ではなく、南京のもの、江南のものなのである。

井波の最初の仕事は、先に述べたように『世説新語』の研究である。五世紀の南朝宋いわゆる劉宋の劉義慶《りゅうぎけい》が編集したものである。中国史は春秋戦国、秦漢、魏晋南北朝と続くが、『世説新語』はその南北朝の南朝宋の生み出した作品であり、南朝の都は建康すなわち現在の南京にあった。まさに江南の風が吹いてくるが、私は、井波夫妻はそろって、この江南の風が孕《はら》んだ中国長篇小説の世界を探究したことによって、後世に多大な影響を及ぼすことになるだろうと思っている。

先に引用した最終章「『水滸伝』と他の白話長篇小説」の末尾近く、井波は、「『金瓶梅』の物語世界では、『水滸伝』においてあっさり抹殺された不倫の男女、西門慶《せいもんけい》と潘金蓮《はんきんれん》がふてぶてしく生きのび、彼らを中心に色と欲に狂う、錯綜した人間関係、男女関係が執拗に描かれる」とし、ここにおいて、中国長篇小説の世界は「語られたもの」から「書かれたもの」へと大転換を遂げたのだと力説している。

「こうして見ると、『水滸伝』は語り物から生まれた『演義』や『西遊記』を受け継ぎ、中国白話長篇小説が次なる段階である「書かれたもの」としての、『金瓶梅』や『紅楼夢』へと飛翔するための架橋となった稀有の作品だといえよう。」

本書末尾だが、井波がここで示唆しているのは、『水滸伝』から『金瓶梅』を介して『紅楼夢』へと至る道は、「語りえないもの」、「書くほかないもの」の発見、すなわち「内面世界」の発見への道にほかならなかったということである。この示唆はきわめて重要だと私には思われる。井波はここで、杜甫・李白《りはく》を極点とする唐詩の世界と、『水滸伝』を極点とする白話長篇小説の世界が、『紅楼夢』においていわば弁証法的に統一されたのだと示唆しているようなものだからだ。『紅楼夢』は曹雪芹の魂の自伝なのであり、その主題はメランコリー、したがって『源氏物語』『クレーヴの奥方』に並ぶ近代的内面世界の濫觴《らんしょう》にほかならないということだ。

井波律子は二〇二〇年五月十三日に逝去した。享年七十六。だが、私の考えでは、文学者に死は存在しない。読み返せばたちどころに復活するからである。そうして、その希望を語りつづけ、探究の持続を促してやまないからだ。『紅楼夢』以後、はたして中国文学はどのように展開したのか。

本書『水滸縦横談』もまたそのような探究の持続を促してやまないと私には思われる。

（文芸批評家）

井波律子……いなみ・りつこ

中国文学者。一九四四年―二〇二〇年。富山県生まれ。
京都大学文学部卒業後、同大学大学院博士課程修了。
国際日本文化研究センター名誉教授。
二〇〇七年『トリックスター群像―中国古典小説の世界』で、
第一〇回桑原武夫学芸賞受賞。
主な著書に『三国志演義』『奇人と異才の中国史』『中国の五大小説』
『中国名言集 一日一言』『中国名詩集』『完訳 論語』『三国志名言集』
『史記・三国志 英雄列伝』『キーワードで読む「三国志」』（小社刊）など多数。
個人全訳に『三国志演義』（全四巻）『世説新語』（全五巻）
『水滸伝』（全五巻）などがある。

本書は2013年6月に
小社より刊行された単行本を
文庫化したものです。

水《すい》滸《こ》縦《じゅう》横《おう》談《だん》

潮文庫　い－4

2020年　12月10日　初版発行

著　　者　井波律子
発 行 者　南　晋三
発 行 所　株式会社潮出版社
〒102-8110
東京都千代田区一番町6　一番町SQUARE
電　　話　03-3230-0781（編集）
03-3230-0741（営業）
振替口座　00150-5-61090
印刷・製本　中央精版印刷株式会社
デザイン　多田和博

ISBN978-4-267-02266-1 C0195